Hikari Takamiya
VOLUME 4
マッチングアプリで
元恋人と再会した。
Reunited with my former lover on a dating app

高宮 光
Hikari Takamiya
翔とマッチングアプリで再会した元カノ。

初音 心
Shin Hatsune
翔の大学の同級生。
引っ込み思案な性格を
変えるため、思い切っ
てアプリに登録した。

ドライブデートに密着取材!?
「じゃあ行くよ。シートベルトして」
「うんっ」
藤ヶ谷翔
Sho Fujigaya
"カケル"というユーザーネームでマッチングアプリ『コネクト』を始めた大学生。

一ノ瀬 縁司
Enji Ichinose
翔の親友。楓とは幼馴染みで両想い。
「じゃあ田中ちゃん、撮影再開するから、もう中断させないでね」
「はい……」
初音 天
Sora Hatsune
心の妹。姉に近づく男には極端に厳しいシスコン。

大切な思い出。

「……付き合うか？」
「……そうする？」
「——え」
上目遣いのキラキラした瞳の高宮がこの世のものとは思えないくらいに尊くて、叫び出しそうに……

Contents

CONNECT

Reunited with my former lover on a dating app

illustration: 秋乃える
design work: 杉山絵

マッチングアプリで元恋人と再会した。4

ナナシまる

角川スニーカー文庫

23931

プロローグ　会わない間に気が変わることもある。

カプセルトイとマッチングアプリは似ている。数多く並んでいるカプセルトイの一つを回しながら、ふとそう思った。

三宮《さんのみや》のセンター街にあるセンタープラザ、その中にあるカプセルトイ専門店のバラエティに富んだカプセルトイ。

小さな食品サンプルだったり、人気アニメのグッズだったり、車の模型だったり、ダンゴムシを丸い容器に入れずそのまま中に入れてあるものもある。

例えば食品サンプルにしても、回すまで何が出るかわからない。

オムライスかもしれないし、ラーメンかもしれないし、カレーかもしれない。

でもラインナップは最初から決まっていて、それがそのカプセルトイの持ち味というか、可能性というか。

マッチングアプリでも沢山いる異性の中から「この人を知りたい」と思っていいねを送るわけだが、そこから相手のことを知っていって、どんなものが好きか、どんな性格なのか、どんな人生を歩んできたのか、少しずつわかっていく。

普段ならあまりカプセルトイはしない俺だが、なんとなく待ち合わせまで時間があったのでぶらついていたら目に入り、回してみた。

回したのは心《しん》さんが以前俺に似ていると言っていた猫のぬいぐるみのキャラクターのストラップ。

どうやらその猫は「ふてこねこ」という太々《ふてぶて》しい顔をした猫のキャラクターで結構人気らしい。

俺は一回五〇〇円でエプロンを着てトレイを持ったウェイターふてこねこを手に入れて、待ち合わせの約束をしている三ノ宮《さんのみや》駅の中央口側、セボンイレボン前へと向かった。

いつも、カプセルトイを回す前はちょっと欲しいかもと思うのに、回した後になると急に、なんで回したんだろうと後悔してしまう。

五〇〇円の太々しいウェイターふてこねこと睨《にら》み合って、やっぱりなんで回したのかわからなくなって、スラックスのポケットに押し込んだ。

何が出るのかわからないドキドキにお金を払っているんだろうと、冷静になってしまえばわかるのだが、どうしてもあの顔を見ると後悔してしまう。

よく俺みたいな太々しい顔の男と三年以上も付き合えたものだな、と光《ひかり》を少し尊敬するのと同時に申し訳なく思った。

もっと愛想よくしてた方が良かったかな、と。でもそんな俺は気持ち悪いか。
——今度こそ、ちゃんと話し合おう。
扉越しにしたその約束。あの夜から一か月が経《た》った。
「心さんまだかな……」
会う約束をしている相手を駅で待ちながら、小さく呟《つぶや》いた。
——あの日から、光には会っていない。

一話　初恋はずっと忘れない。

春の訪れを感じる独特な風に前髪を揺らされて鋭い目が露《あら》わになる。中学の時のようにこの目のせいで恐《こわ》がられてしまわないよう前髪で隠れるようにしてきたのに、余計なことをする風だ。

ただ、そのおかげで桜の花びらが綺麗《きれい》に舞っているのが見えたから、責めきれない。

高校ではできるだけ周りとコミュニケーションをとって、本当は全然恐くないと理解してもらわないと、また一匹狼《いっぴきおおかみ》になってしまう。

孤独が苦痛なわけではないが、家に友達を連れて行かないと、爺《じい》ちゃんが中学の時みたいに心配して「勝手に授業参観！」とか言いかねない。あんなに恥ずかしい思いはもう勘弁してほしい。というか普通に不法侵入では？

高校が近づいてくると、同じ制服を着た人たちが何人も歩いていて、中には既に友達がいる人もちらほら確認できる。

別に俺は特別人見知りなわけではないと思いたいが、同じ高校の生徒だからという理由で声をかけるのは難しい。

ああいうことできる人って、いい意味でどうかしてるだろ。

特に今、俺の目の前でちょうど同じ制服を着ている女子に話しかけたこの女子。

「ねぇ、君も新入生だよね!? 私もなの！ なんか不安でさ〜、よかったら友達にならない？」

不安はわかるが、普通いきなり話しかけるか？

「え、嬉《うれ》しい。私も不安だったんだ〜、よかった話しかけてくれる人がいて」

そっちの子もコミュ力高めなのね。俺が普通じゃないのかと疑ってしまう。

こうやって俺は取り残されていくんだろうか。

そうなってしまう前に友達の一人や二人くらい……、いやさすがにそれくらいなら大丈夫だ。……多分。

「君、なに？」

「えっ……」

目の前の女子二人が俺を見て戸惑っている。というより声をかけた方の女子なんてちょっとわざとらしくもあるが、不審者を見るような目をしている。

「さっきからジロジロ見て、何か言いたいことでもあるの？」

「いや、別に……」

「あっそ。じゃあんまりいやらしい目で見ないでくれる？」

スカートの中を見られないように手で押さえたその女子は、まるで野良猫に近寄るなと警告をするように手を振った。

「はっ、はぁ⁉　別にそんなところ見てねぇよ！」

「はいはい、変態はみんなそう言うんです～」

「誰が変態だよ！」

「この状況だと君以外の誰がいんのよ」

「ムカつく……！」

「ふふっ、冗談よ。ごめんね、からかって」

悪戯《いたずら》をした子供のように楽しそうに笑ったその女子は、たった今友達になったもう一人の女子と話しながら歩いていった。

まるで嵐のような女の子だったな。突然俺の前に現れたかと思えば、気持ちを揺らして去っていく。

初対面の人間に対してここまで気持ちを転がされるのは珍しい。そもそもあまり人と関わってこなかったから、珍しいもなにもないが。それもあの子の容姿が整っていたことが要因として考えられる。

演技でもしているかのようにコロコロと変わる瞳の雰囲気。

感情の表現をその瞳一つで完結させてしまえる魅力ある瞳だった。でもそれだけじゃない。

ぷっくりと膨らんだ上唇とその華奢《きゃしゃ》な体には不釣り合いの大きな胸の膨らみが、高校生とは思えない色気を出していた。

まさか一目惚《ひとめぼ》れなんて俺がするわけないが、少なくとも心を揺らされてしまった。からかってきたときの笑顔が脳裏に残ったままだが、遅刻しないように足を進めた。

入学式が終わると、クラスごとにそれぞれの教室に向かった。別に地元から遠く離れた高校を選んだわけでもないのに中学で同じだった人が俺調べでは一人もいなくて、俺は孤立していた。

そもそも同じ中学の人がいても、俺と会話する人はいないだろうけど。

中学時代に話し相手が一人もいなかったわけではない。特定の人としか関わってこなかっただけだ。

広く浅い関係ばかりで、まあいわゆるボッチだった。

その原因となっているのは、俺のこの目付きの悪さ。クラスメイトだけに留《とど》まらず、学校中の生徒に恐れられていたせいでまともに友達など作れなかった。

そんな一匹狼の俺に、後ろから勢いよく突撃してくる奴《やつ》がいた。

「どーんっ！」

「うおっ⁉」

「よっ！」

実は存在していた同じ中学の人が、俺を見つけて突進……という流れかと思ったが、ボッチだった俺には全く心当たりがなかった。

後ろから突進してきた闘牛は馴《な》れ馴《な》れしく笑いかけてきて、いつの間にか友達になったのかと錯覚しそうになる。

「お前か……」

「お前って言わないで！　光《ひかり》だよ。高宮《たかみや》光！」

今朝、俺を変態呼ばわりした女子が名乗り、次はお前の番だとでも言いたそうに両手を俺に差し伸べて首を傾《かし》げる。

「ん」

「なんだよ」

「いや、察し悪っ。君は？　名前」

「藤ケ谷《ふじがや》翔《しょう》」

名乗って、教室に向かう足を進める。高宮と名乗った女子も、当たり前のように俺の隣に並んで歩き始めた。

友達の距離感で接してこられるとどうしていいのかわからなくなって、荒い口調と天邪鬼《あまのじゃく》な性格がより顕著にでてしまう。俺の悪い癖だ。

「不愛想ね。仲良くしようよ、今朝からの仲じゃん」

「短けぇよ」

「他の人は親密度ゼロだけど、君は……藤ヶ谷くんは親密度一か二くらいはあるでしょ？ゼロと一には大きな差があるんだからさ。実質マブみたいなものよ」

「マブのハードル低っ」

なんて馴れ馴れしい奴に目を付けられたんだろうとため息を吐《つ》いていると、教室に着いて、席順を見た俺は絶望する。

「なんで隣なんだよ……」

「あっはは〜、仲良くなれそうだねっ」

「俺は全くそう思わない」

「冷たっ」

こんなにコミュ力のある奴は同じコミュ力のある奴と仲良くなるものだ。俺は真逆だし、きっと目を付けられているのも今だけだろう。

俺の反応を見て楽しんでいるんだろうから、無視してしまえばきっと飽きて離れていってくれるはずだ。

「ねえ、どこの中学から来たの？」

無視をした。友達を作ろうとは思っているのだが、行動は真逆のことをしている自覚はあった。

でもきっと高宮とは仲良くできない気がするし、まあいい。

どうせまた、恐がって離れていくんだから。だったら最初から仲良くなんてなりたくない。一度手に入ったものを失うのは、恐いから。

「ねえ、どこの中学から来たの？」

聞こえていなかったと思っているのか、同じ質問を繰り返す高宮。

「……」

変わらず無視を続けて……。

「ねえ、どこの――」

「聞こえてるよ、どこだっていいだろ」

無視をし続けるのはやっぱりよくない。という道徳心が働いたわけではなく、単純にクラスメイトに注目されてしまうのが嫌だった。

特に高宮は容姿が優れていて、クラスの男子なんてもう頬《ほお》を赤くして高宮を見ている。高宮の敵だと認識されてしまえば、俺はクラスの男子全員を敵に回してしまう可能性だってあるんだ。

ずっと同じ問いをぶつける高宮と、それを無視し続ける俺。傍《はた》から見れば俺の印象悪すぎる。

こういう不愛想なところが友達のできない理由だろう。わかってはいるが、愛想笑いとか、中身のない会話とか、そういうのは苦手で上手《うま》くできないし、上手くできるようになりたいとも思えない。

「なんでアンタそんなに偉そうなのよ!!」

「……!?」

教室にいるまだ顔見知りにもなっていないクラスメイトたちが、俺と高宮に注目する。

結局こうなるのか。

「おい、いきなり大きい声出すなよ……」

「ごめん……。でも、無視しないでよ。同じ中学の人いなくて不安なの……」

「わかったから……。俺でよかったら、その、あ、相手するから」

だから、小動物みたいな目で俺を見るなよ。気の強そうな怒声の後でそんなギャップ見せるなんて、……ずるいだろ。

「……やっぱりね」

「やっぱり？」

怒ったと思えば次は不安そうに見つめてきて、次は嬉しそうに微笑《ほほえ》む彼女の表情はなんて忙《せわ》しいのだろう。感情の起伏が激しいのだろうか。俺にはない部分だから、羨ましく感じる。

「藤ヶ谷くん、優しそうだなって思ってたの」

そんなこと、言われたことがなかった。

なにせこの目付きだし、不愛想だし、自己評価では優しそうだなんて程遠いし、他人に言われたのもこれが初めてだ。

「どの辺が？　俺って結構見た目だと怖がられるんだけど……」

「今朝、無意識だと思うけど桜の花びらを見てニッコリしてたの。その時の笑顔が、なんか優しそうだなーって！」

学校で起きた出来事を帰ってから母親に話す子供のような無邪気な笑顔で、高宮は話を続ける。

「それに、小学生の男の子が落とした物拾って、わざわざ走って渡しに行ってたでしょ？　私その時藤ヶ谷くんの後ろにいたの。藤ヶ谷くん子供に恐《こわ》がられててちょっと面白かった。私も拾おうとしたんだけど、藤ヶ谷くん一瞬も迷わずに体が動いてたから、凄《すご》いなって。追いつけないかもとか、汗かきたくないとか、走るの面倒だとか、そういう考えが浮かぶ前に動けてたの、素敵だなって思ったんだ」

屈託のない笑顔を向けられて、少し困ってしまう。そんな笑顔をこんなに可愛《かわい》い子に向けられるのは初めてだったから。

「あれ、照れた？」

「照れてない」

「嘘《うそ》だ〜っ！　ちょっと顔赤いよ？」

「赤くない」

それから担任の先生が来るまでひたすらいじられた。

「おはよっ、藤ヶ谷くん」

始業式の日から一か月ほどが経《た》った。

最近は毎朝のように校門近くで俺に突撃してきて、そのついでに朝の挨拶をする女子、高宮光。

「あっ、ちょっ、逃げるな！」

突撃を受けた後には他の攻撃がくる。大体ローキックだ。高宮の悪いところはそれを全力でやってくることだ。

スキンシップのレベルを超えたローキックは、あの細い脚からは想像もできない威力で繰り出される。

なんで蹴られるのかは俺にもわからないし、誰か教えてほしい。

「ねぇ待ってよ！　なんで逃げるの！」

「痛いのは嫌なんだ！」

こうして、毎朝追われる日々。正直うんざりだ。

「また逃げてんのかよ藤ヶ谷、お前らほんと仲良《い》いよな～」

すれ違ったクラスメイトが追われている俺にそんなことを言った。これのどこが仲良く見えるのか、俺は嫌で仕方ないというのに。……でも、気付けば口角が上がってしまっている。

クラスメイトはそれを見て、俺が楽しんでいると思ったのかもしれない。

実際に本当は上がってしまっている口角がバレないように、こうして逃げているのだから。

「もうっ、やっと追いついた……。藤ヶ谷くん足速すぎ……」

「高宮が遅いんだろ。俺は別に普通だし」

「褒められてるんだから素直に喜びなさいよ」

「つーかなんでいつも俺蹴られるんだよ」

「そ、それは……」

「それは？」

なんでそんなに恥ずかしそうにクネクネしてるんだコイツ。

「別に深い意味はない……」

「は？　それじゃあ納得できないだろ」

「うるさいな、なんかちょうどいいところにいるからでしょ！」

「じゃああの位置に校長がいたら蹴るのかよ」

「そ、それは違うでしょ！　す、スキンシップじゃん……」

「あのな、スキンシップってのは恋人とか家族とか友人とかが、肌を触れ合わせることで仲良くなる、みたいな意味なんだよ。それをなんで俺らが……。俺らは別にただのクラスメイトだろ」

そう言うと、高宮の表情が少し暗くなる。

本当はわかっているくせに、わからないふりをしてその言葉を高宮に言わせようとした俺は、なんて情けない男だ。

こうやって相手との関係を「確認」しようとするなんて。

「ただのクラスメイトか……」

高宮と俺は、出会ってから一か月、学校では話さない日などなかった。

俺が一番学校で仲良くしているのは高宮だし、高宮も校内では俺と居る時間が一番長いと思う。

それをただのクラスメイトで片づけられるのは、傷つくと思う。俺が高宮だったらそうだ。謝らないと。

「ごめん、俺はまあ……、『そこそこ』仲良い友達だと思ってるよ」

思えば、いつの間にか俺は高宮のことが気になっていたのかもしれない。ただのクラスメイトではなく、ただの友達でもない。一人の異性として。

だから、高宮の申し出に心が躍ったんだろう。

「じゃあさ、ＬＩＮＥ」

「ＬＩＮＥ……？」

「わかるでしょ……！　交換……、しようよ」

「まあ……友達だしな」

「そっ。友達なら普通でしょ？」

　高宮が差し出したスマホに表示されたＱＲコードを読み取って、ＬＩＮＥの友達が一人増えた。

　家族とごく少数の知り合いの中に突如飛び込んできた「ひかり」という名前にクラスの友達とのツーショットをアイコンにしたジョシジョシしたプロフィール。にやけないように必死で、ポケットに突っ込んだ左手で太ももを強く抓《つね》った。

『よろしくね』

　正面からそうメッセージを飛ばしてきた高宮も、気のせいか少し口が緩んでいる気がした。

『藤ヶ谷くんって、彼女とかいる？』

　もうすぐ高校最初の夏が始まるという頃、高宮からこんなＬＩＮＥが届いた。俺に彼女はいない。というかできたこともない。

　それに、恋愛だってしたことがない。

それにしてもそんなことを聞いてくる高宮の意図がわからない。それを聞いてどうするつもりなのか。

つーか「彼女とか」ってなんだ。「彼女いる？」じゃだめなのか。

『別にいないけど』

『よかった！　じゃあさ、よかったらなんだけど』

私と付き合って、とか言われたらどうしよう。なんてこと考えてない。断じて。俺はそんなに都合良く物事を飲み込めるタイプではない。

よかったらなんだけど、で途切れたメッセージの続きを待つこと二〇分。

これは俺から何か送った方がいいのか、でもまだ話の途中っぽいし、なんて返せばいいのかわからないし、どうしたらいいんだ……。とか考えて、『続きは？』と打ち込み送信ボタンを押そうとした瞬間だった。

『今週の日曜日、アウトレット行かない？　夏服買いたいんだけど、友達みんな部活でさ。藤ヶ谷くん部活入ってないし、どうかなって。いや、忙しいならいいんだけどね！　本当に！』

メッセージの後に送られてきたＵＲＬをタッチすると、神戸の海沿いにある大きなアウトレットのホームページが出てきた。

もしかして、長いことメッセージが来なかったのはこのホームページを探していたからなのか、それとも、メッセージを考えていたのか、でなければ、送っていいものか迷った、とか。

『昼から空いてる。俺もちょうど夏服買おうと思ってた』

服を買う予定なんて本当は全然なかったし、そもそもアウトレットで買うなんて選択肢が俺にはなかった。

服なんて大体母さんが適当に買ってきた物だったし、興味もない。

でも、母さんにはそろそろ自分で選んでこいと言われていたし、アウトレットは服屋だけじゃなく最近流行《はや》り出したタピオカを売っている店とか、週一くらいで食べたくなるマクドナリドがあって興味が出た。

それに、海沿いということもあり明らかにデート向きっぽい雰囲気だったから……、高宮と行ってみたいと、そう思ってしまって。

服を買いたいという建前を利用して初めて高宮と学校の外で会う約束をした。

出かける約束をしたのが火曜日の夜。それから日曜日になるまで、いつもよりも長く感じた。

いつになったらこの授業は終わって、いつになれば朝がきて、いつになれば日曜日がくるんだと、本当はいつもと同じ時間の流れなのに、やたらと遅く感じた。

それは、俺が高宮とアウトレットに行くことを楽しみにしているから、ということになるのだろうか。

ネットで「デート　常識」と調べて色々見た結果、どうやら今の俺は服がダサいらしいとわかる。そこからの行動は早かった。

「爺《じい》ちゃん、服買いに行きたいんだけど……」

家族で一番なんでも相談できる爺ちゃん。女の子と出かけるなんて言えば尾行してでもついてきそうなので絶対言えないが、同じ男だし、本人曰《いわ》く昔はブイブイ言わせてたらしいので頼ることにした。

ブイブイって言い方にセンスのなさを感じるが、今の俺はそんなことを言っている場合でもない。

「なんだ翔、ガールフレンドか？」

「違うよ、別に友達だし……」

言ってから、この言い方だと女子だということは否定していないことに気付く。爺ちゃんはそれを察したのか、歳《とし》に似合わない綺麗《きれい》な歯を剝《む》き出しにして、鬱陶しい満面の笑みを浮かべて言った。

「爺ちゃんに任せとけ！」

高宮と約束した日の前日、俺は爺ちゃんと服を買いに地元の寂れた服屋に行った。その結果、より一層ダサくなったとファッション素人の俺でも理解できてしまう夏服を手に入れた。

このままじゃ明日高宮にどう思われるかわからない。

どうしようと焦りながら家に帰ると、部屋にそこそこ大きめの紙袋と新品の真っ白なスニーカーが置いてあって。

「おかえり」

「父さん、これ父さんが？」

紙袋の中にはシンプルな無地の白いティーシャツと、黒いスラックスが入っていた。とてもシンプルな一式だけど、これなら高宮にダサいと思われるリスクは小さい。

「俺じゃなくて母さんだよ。今日急に服買いに行くって出て行ったから」

「でも、いつも母さんが買うような服じゃなさそうだけど……」

母さんが選んで買ってくる服は、もっと……、言っちゃあ悪いけど、ダサい部類だったはずだ。だから今日は爺ちゃんに頼んだというのに。

でも、この服は、かっこいいと思われることはないとしても、ダサいと言われることもない、無難な服。

「あー、いつも翔の服選んでるのは、爺ちゃんだよ。爺ちゃんが母さんに、翔が服欲しがってるってことを伝えたんだ。自分のセンスじゃダメだから、母さんに選んでって頼んでたよ。二人は何も言わないだろうから、俺が言っちゃうけど。ちゃんとお礼言うんだよ」

「ありがとう、言ってくる」

階段を駆け下りて、キッチンで夕食を作っていた母さんの背中に声をかける。

「母さん、服ありがとう」

母さんは振り向かないまま、「シンプルが一番」、そうポロリと言った。

「爺ちゃん」

自室で新聞を読んでいた爺ちゃんにお礼を言いにいくと、今度は一切のにやけなしで、ただ「楽しんでこい」と言った。

服のセンスはないくせに、粋なことをするジジイだ。婆《ばあ》ちゃんはこういうところに惚《ほ》れたんだろうか。

「ありがとう」

そして迎えた、日曜日。

初めて女の子と二人っきりで出かける。それも、学校で一番可愛《かわい》いと噂《うわさ》されているあの高宮光。

本当に俺でいいのだろうか。高宮は俺と違って人気者だから、一緒に行く相手なんて沢山いるはずだ。それでも、誘ってもらえたんだから、頑張らないと。……頑張るって、何をだろう。

——楽しんでこい。

爺ちゃんに言われたことを思い出す。

そうだ、爺ちゃんは楽しんでこいって言ってた。頑張るなんて言い方だと、まるで大変なことを乗り越えるみたいだが、そうじゃない。

俺は、高宮とアウトレットに出かける。

これはきっと楽しいことだ。実際約束してから今日まで、待ち遠しくて、ずっと楽しみだったんだから。

約束している垂水《たるみ》駅の柱に背を預けて、高宮を待つ。

三〇分も早く着いてしまって、まだかまだかと待ちわびる。五分、一〇分、一五分、待っても高宮は現れない。

そうして、約束していた時間を少し過ぎた頃、ドタバタと走る足音に視線を上げる。

「ごめーん！　お待たせー！」

制服じゃない、私服の高宮。

胸元にブランドロゴの入ったシンプルな白ティーシャツに、黒のサラッとした生地の膝上丈スカート。

「あ……」

俺の服装を見た高宮は、微笑《ほほえ》みながら言う。

「シミラールック、みたいだね……？」

色や素材まで似すぎている。

お互いが無難な服装を意識した結果だろうか。

高宮は何度も遅刻を詫《わ》びて、小さな手持ち鏡で前髪を調整している。

「いや〜髪が綺麗に決まんなくて時間かかっちゃってさ、それで時計見てなくて、本当ごめんね？」

「全然いいよ、別に俺もさっき来たばっかりだし」

嘘《うそ》である。

実際は三〇分も前に到着していた、などと高宮にバレたらとても楽しみにしていたと思われてしまうので、嘘を吐《つ》いた。楽しみにしていたことがバレるのは、なんだか恥ずかしかった。

「せっかく可愛くしたのに、走ったから結局前髪ぐちゃぐちゃだよ〜。良い状態で見てほしかったな〜……」

独り言のつもりだったのか、そう零《こぼ》した高宮は、手鏡をポケットに入れて背筋を伸ばし、腕で自身の顔が見えないようにしてくる。きっと言ってから恥ずかしくなったんだろう。それを察したのは、言われた俺が同じ気持ちだったからだ。

俺はその言葉に少し恥ずかしさと嬉《うれ》しさを感じながらも、聞かなかったことにして平然を装う。

「まあ、誰にでもぼさぼさな髪は見られたくないからね？」

でも、高宮がまるで言い訳のように自分で掘り返してしまうから、反応せざるをえなくなる。

「そう、だよな。……まあでも、なんかいつもと雰囲気違うというか、まあ、なんか良い感じなんじゃね……？」

「ふーん、良い感じか……。ありがと」

「おう……」

ああ、なんだよこれ。くっそ恥ずかしい。

早く終わってほしいような、でもやっぱり終わってほしくないような、そんなもどかしい時間だった。

駅からアウトレットに向かうと、大きな駐車場が見えてくる。その駐車場を抜けると、いくつかのキッチンカーが並んでいて、そこからの香りが空腹であることを思い出させてきた。

まずはお昼ご飯を食べよう、そう提案しようと高宮を見ると、高宮の視線は唐揚げのキッチンカーに釘付《くぎづ》けになっていた。

まるで子供が欲しいおもちゃに見惚《みと》れるように吸い込まれそうなほどの蕩《とろ》けた瞳を見ていると、なぜか自然と口元が緩む。

「食べるか？」

「えっ、いやっ、別に、今からお昼食べに行くんでしょ？」

「でも、凄《すご》い食べたそうだし」

高宮は何か言いたいことでもあるのか、キッチンカーと俺との間で視線をさまよわせて挙動がおかしい。

「引かれるかもって思って言えなかったんだけど、私、結構食べるんだ。多分藤ヶ谷くんが想像してるより、すっごく食べるの」

「……？　何かだめなのか？」

「え、だって男の子より食べる女の子とかさ、……嫌じゃない？　普通に引くよね、ははっ……」

「別に引かないよ。いっぱい食べるのは良いことなんじゃないの。めっちゃ食うから引くとか、全然食わないから引くとか、そんなので関わる人間選んでない。食べたいなら食べようぜ、俺もさっきからあの唐揚げの良い匂いに腹空《す》かされてんだ」

「よかった……。私、男の子と二人で遊ぶのとか初めてで、何すれば嫌われるとか何も知らなくて……」

「高宮、ちょっとここ座って待ってて」

「えっ？」

俺は高宮をベンチに座らせて、ちょうど並んでたお客さんがいなくなったそのキッチンカーに駆け寄った。

「すみません、一番大きいやつください」

「はいよ！」

普通なら絶対買わない一五〇〇円もするバカみたいに多い唐揚げを購入して、高宮のところに戻る。

「ほら、好きなだけ食えよ。もし残したら、俺が残さず食ってやる。好きな物食べて何が恥ずかしいんだ。我慢しなくていいんだ、ありのままの高宮でいろよ」

要するに、かっこつけたかったのだ。

高宮を何一つ否定せずに、受け入れる。そんな器のデカい男であると、証明したかったのだ。

ただ、気になる女の子に、喜んで欲しかったのだ。

ちょっとというか、かなりクサいセリフだったが、高宮はそれほど気になっていないようなのでまあ良しとしよう。

「ありがと……。でも、残らないと思うから、食べたいなら一緒に食べようよ」

「え、これ大人一人じゃ普通に食べきれないと思うけど……」

「そう、だよね……。でもこれくらいならイケちゃう。やっぱり引いた？」

「……全っ然！」

気に入られたくてそうは言ったが、正直ビビりはした。

唐揚げは本当にあっさりと完食してしまって、高宮が当たり前のように「次はお昼ご飯だね」というので、俺はタピオカミルクティーを飲んでみたいと言い訳をして高宮を飲食店から遠ざけた。

　本当にこのまま昼食を食べに行って、食べ過ぎで倒れられても困る。

ただ、タピオカミルクティーも一杯でかなり腹持ちがいいものだとは飲んだことのない俺は知らなかった。

「初めて飲んだけど、タピオカってこんなにモチモチしてるんだな」

「高校生ならみんな飲んだことあると思ってた。もしかして藤ヶ谷くん、結構流行には疎い人？」

「かもしれない」

　濁したが間違いなく疎い人だ。

「でも藤ヶ谷くんが普段からタピオカ飲んでるところとか、想像できない。スマホの使い方も上手《うま》くできてなさそう」

「それは失礼だろ。スマホくらい使える」

「でもいつもＬＩＮＥの返信、既読ついてから届くまで遅くない？　打ち込むのが遅いのかなって思ってた」

　言ってから、今のは失言だったと高宮が理解したのか、「あー、タピオカおいひー」と話題を逸《そ》らそうとする。

つまり高宮は、俺が既読をつけて返信するまでの時間、数分、いや数十秒かもしれない。そんな一瞬とも言えるタイミングで俺とのトーク画面を見ていた、ということだ。

それが偶然開いたタイミングなのか、返信が待ち遠しくてずっと開いたままにしていたのかは定かではない。

偶然開いたタイミングだったとして、まだ返信が来ていないクラスの男子とのＬＩＮＥを開くことがあるのか。

開く理由として考えられるのは、読み返していたという可能性と既読を確認した可能性しか考えられない。あとは誤タップで開いてしまった可能性だが、あの言い方からして一度ではないだろうから、違うだろう。

「たしかに、打ち込むのは遅いかもしれない。高宮に送る時は特に」

「え、なんで私だけ？」

「別に、理由は特にないけど」

嘘である。

本当は、変なことを送っていないか、送信する前に確認をしているからである。

「つーか、高宮も既読ついてから返信まあまあ遅い方だと思うけど、打ち込むの遅いんじゃねぇの？」

「え、私友達にもめっちゃ早いって言われるよ？　……あ、ふふっ」

「いやまあ……、偶然な」

高宮が既読をつけてから返信が遅い理由、俺のトークを偶然見ていたという苦しい言い訳、本当のことは全部わかっている。

既読をつけてから悩みに悩んで打ち込んだメッセージを送信前に確認して、返信を待っている時間は高宮とのトーク履歴を読み返していた俺には、簡単にわかることだ。

お互いが、待っている。返信まだかなって、待ってしまっている。

もうわかっている。たった今確信に変わった。


——俺は今、初恋をしているんだと。


ある程度服屋を見て回って、結局何も買わなかった俺たちは、タピオカの店の前にいくつかある椅子に座っていた。

本当はこれを機にファッションに気を遣って、おしゃれになろうと企《たくら》んでいた。でも、服ってこんなに高いのかと、値札を見て絶望した。

決して裕福でも貧乏でもない藤ヶ谷家ではあるが、今までは母さんが服に興味のない俺には安物の服を買い与えていた理由がよく理解できた。選んでいたのは爺《じい》ちゃんらしいけど。

こんな調子でおしゃれになるなんて無理だ。

女子は服好きな子多いし、メイク用品とかも揃《そろ》える子だっているはずだ。高宮はすっぴんっぽいけど、きっとそれはすっぴん風メイクとかしているんだろう。じゃなきゃこんなに綺麗《きれい》な顔をしていることが納得できない。毛穴ないし。

「藤ヶ谷くんなら、なんでも受け入れてくれそうだし言っちゃうんだけど」

「……？」

「本当はアウトレットでおしゃれな服買うとか、普段しないんだよね。いつもは友達とプチプラの服とか選んでるの。だけど、おしゃれって思われたくて見栄《みえ》張ってアウトレット行こう、なんて言っちゃって」

「……そうなんだ」

ところでプチプラってなんだろう。ニュアンスからして安い服ってことか？

「だから今日値札見てびっくりしちゃった。アウトレットでもブランド物の服ってこんなに高いの!?　って」

見栄を張りたかったのに、どうして。

「わざわざ言わなくてもよかったんじゃないか？　黙ってればこういうところで買い物するおしゃれな子って印象になってただろうに」

「そうだよね。でも、藤ヶ谷くんには隠し事したくないなって、思ったから」

俺も、同じことを考えていた。

この先もずっと一緒にいたいから、些細《ささい》なことでも嘘《うそ》を吐《つ》きたくない。小さな嘘でも、後々言い出せない大きな嘘に変わってしまったり、やましい気持ちが残ったりするんじゃないかって思うと。

「実は俺もなんだ。いつもはそもそも服買いに行かないし、今日の服だって母さんが女子と出かける俺に気を遣って、シンプルな服を選んでくれたんだ。普段は爺ちゃんが買ってきた変なティーシャツとか着てて……。この前買ってきたのなんて、小学生が描いたのかって思う画力の犬の下に、汚いひらがなのフォントでねこって書いてあるやつだぜ？　やばいだろ爺ちゃんのセンス」

「ははは、お爺ちゃん面白いっ」

「爺ちゃん真夏でもセールだからって長袖の服買ってきてさ、俺がこんなの暑くて着れないよって言って半袖着ようとしたら、防御力が下がるだろって怒るんだよ。誰が防御力で服選ぶんだよ！　って笑い止まんねぇの！」

「やばいそれっ、お爺ちゃん会ってみたいっ、ははははっ」

ありがとう爺ちゃん、あの時のダサい服は、こんな形で役に立ったよ。服としてじゃなくて、好きな子を笑わせる話題として、だけど。

結局、アウトレットに来たというのに俺たちはキッチンカーの唐揚げとタピオカミルクティー以外は何も買わなかった。

でも、このアウトレットに来てよかった。

高宮からＬＩＮＥでここのＵＲＬが送られてきた時にも思っていたが、ここはなんだかデートで来る場所、という印象が強い場所だった。そんな場所に来られてよかった。おかげで俺たちの仲は深まって……、いいや違うな。

大事なのはどこに行ったかじゃなく、誰と行ったか。きっと高宮とならどこに行ったって楽しめたに違いない。

これからもっと高宮と仲良くなれるのかな、そう期待していた。でも、このタイミングで夏休みを迎えることになる。

夏休みになれば高宮と顔を合わせることも少なくなる。俺がこんな感情を懐《いだ》くなんて自分でも違和感があるが、少し寂しいと感じていた。

ただのクラスメイト、たった一度遊びに行った仲、学校という高宮に会う口実を失ってしまった俺は、どうしたものかと高宮とのトーク画面を開いたまま考えていた。

『夏休みの課題、進んでる？』

そんな俺を見ていたかのようなタイミングで、高宮からのメッセージがくる。一瞬で既読をつけてしまう事故。

だが焦るな、こんなこともう何度もある。

『ちょうど俺も同じこと聞こうとしてた』

偶然ということにしてしまえ。

『だよね（笑）』

なんとか誤魔化《ごまか》せたようだ。

休日に二人で出かけたことのある関係なら、ＬＩＮＥを送るくらい普通だろうし、違和感などなかったはずだ。

『藤ヶ谷くんって、数学得意だよね？』

高宮からのメッセージに首を傾《かし》げる。

俺は高宮に数学が得意なんて言った覚えがなかったからだ。というか、そもそも数学は苦手な方である。

正直に『苦手な方だけど』と打ち込み、送信を押す直前で高宮からの追いメッセージが届いた。

『私苦手でさ、よかったら教えてほしくて、勉強会でもしない？』

俺は打ち込んでいたメッセージを全削除して、新しく文章を打ち込み始めた。

『得意だ、任せとけ』

見栄は張らないと決めたけれど、こればっかりは仕方ない。夏休みに高宮と会う口実ができるんだから。

それに、数学もこれから得意になればいい。

『いつ、どこでする？　お店とかだと迷惑になるかもしれないし、図書館とか？　学校の近くにあったはず』

学生が暑いこの時期に勉強するならエアコンの効いている図書館が無難だろう。俺たちがお互いの住んでる地域からちょうど中間にある学校近くの図書館が一番いいと考えたが……。

『調べてみたら、老朽化が進んでて、建て替え工事してるらしいよ』

そのメッセージと共に図書館のホームページのＵＲＬが送られてくる。この図書館が使えないとなると、他にどこかあるだろうか。

「なに、本でも読みたいのか？」

近隣の図書館を調べていると、背後から人のスマホを覗《のぞ》き込んでいたらしい趣味の悪い爺ちゃんが声をかけてくる。

「いや、友達と勉強会でもしようってなってて探してた。つーか爺ちゃん、人のスマホ覗くなよ」

「そうカリカリすんな。翔くらいの歳《とし》ならスケベな動画観《み》てても不思議じゃないし、お母さんにも黙っててやるぞ？」

「観てねぇし!!」

爺ちゃんは嬉《うれ》しそうにケラケラ笑って、冷蔵庫から二リットルのコーラを取り出したと思えばラッパ飲みを始める。

本当にあの人爺ちゃんって年齢なのか、時々疑ってしまう。普通の爺ちゃんはコーラをラッパ飲みしないだろ。知らんけど。

「翔、勉強会ならうちでやればいいだろ」

「はっ？　ここで？」

「図書館は閉まる時間早そうだし、遅くなっても友達を泊めてやればいい」

「いや、でも……」

爺ちゃんはまさか友達が女子だなんて思ってもいないのだろう。

普通に考えて高宮が俺の家に泊まるわけがないし、泊まらないにしても家に来るのもないだろう。

「もしかして翔、その友達ってイマジナリーフレンドか？」

口を押さえて俺を嘲笑《あざわら》っている。……これは、ムカつくな。

「違う！　わかったよ、誘ってみるから本当に連れてきたら謝れよ！」

「だーはっはっはっ！　イマジナリーフレンドが爺ちゃんにも見えるならな！」

「ああもう、うっぜぇ!!　憶《おぼ》えてろよ!!」

とは言ったものの、だ。

高宮に『できそうな場所探す』とメッセージを送ってから三時間が経《た》ってしまった。

もう既に『私も探すね』と返信が来ているが、そこからやりとりは進んでいない。

いきなり『俺の家なら許可出たよ』なんて送れば、付き合ってもいない女子を家に招く軽い男だと思われないだろうか。

それに、実家だし高宮が気を遣うに決まっている。

いや、誰とでも仲良くできる高宮ならきっと爺ちゃんはもちろん、母さんや父さん、婆《ばあ》ちゃんとも仲良くやるんじゃないだろうか。いやいや、だとしてもだ。いきなり家に誘うなんてできるわけがない。

「くっそー、爺ちゃんにあんな啖呵《たんか》切るんじゃなかった……」

今更やっぱりなしで、なんて恥ずかしいことは言えない。

そう言えばきっと爺ちゃんはもっと俺を煽《あお》ってくる。想像するだけで腹が立つ。あのジジイめ。

『れ』

高宮から届いた謎の『れ』だけのメッセージに既読をつけて、意味がわからないながらもどう家に来るかの話を切り出そうかと思案していると、さすがはスマホのフリック入力が激早な高宮。三秒くらいで次のメッセージがきた。

『別に私から聞いたわけじゃないんだけど、お母さんから勉強ならうちでしたらいいじゃんって言われたんだけど、お母さん多分女子の友達だと思ってるから言ったと思うんだよね。さすがに藤ヶ谷くん来ないと思うけど、もし場所見つからなくてうちでもいいなら、一度お母さんに聞いてみるけど、どうする？　いや、本当にもしよかったらね？　私のうちとか気まずいよね（笑）』

と、いくらフリック入力が早い高宮でも三秒で打ち込むには早すぎる文章が届いて、そのすぐ後に、

『ごめん、最初のメッセージは間違い。指が当たってたみたい』

ＬＩＮＥはメッセージ入力をすると空欄になった入力画面にもう一度入力しないと次のメッセージを送れない。

なのに、『れ』の三秒後にあの文章量が送られてきた。

つまり予《あらかじ》め用意していた文章をコピーして貼り付けたものを送っている、と考えるのが妥当だ。

わざわざ俺とのトーク画面を使わずに文章を作った理由は……、文章に変なところがないかを確認していた？

高宮はそれがバレるのを恐れているのか、お粗末すぎる言い訳にもなっていない言い訳を並べている。

普段は強気な態度なのに、実はおっちょこちょいなところもあって、そのギャップがなんだか可愛《かわい》らしい。

『実は俺も、爺《じい》ちゃんが家に連れてきたらいいだろって。よく考えたらこの時期図書館に学生めっちゃ来るだろうし、ちょうどいいのかもな』

なんだかもう言い訳をするのも馬鹿馬鹿しくなってきた。自分の気持ちを高宮に告げる度胸など持ち合わせていないが、気持ちがバレてしまわないかと隠すこともないか、と開き直っている。

仮に図書館で同じクラスの奴《やつ》と遭遇でもしてみろ、きっと夏休み明けが大変なことになる。

なんなら高宮くらいの人気者なら見つかるのが同じ学校の人ってだけでも噂《うわさ》にはなるだろう。

『じゃあ、お互いの家で交互に、ってのはどう？』

『いいね、許可貰《もら》っとく』

『私も！』

今年の夏は、今までにない夏になりそうだ。

「藤ヶ谷くん、お待たせ」

「おっす」

俺の家から歩いて一五分ほどの最寄り駅で高宮と待ち合わせをした。

高宮はアウトレットに行った時とは全然違う装いで、露出の少ない清楚《せいそ》なワンピースだった。

「なんか、雰囲気違うな」

「そ、そう？　ちなみに、藤ヶ谷くんはどんな服装が好きなの？」

「どんなって……、女子の服とか全然わかんねぇからな……。まあ、似合ってればなんでもいいんじゃねぇの？」

正直なことを言うと、めっちゃドキドキしていた。

服装一つでそんなに雰囲気変わるのか女子って。いや、よく見れば髪を後ろで三つ編みにして縛っている。

これ、テレビでみたやつだ。たしか、ハーフアップだっけ？

なんかわからんが、最高です。

「今日の私の服は、似合ってる？」

「あぇ……似合ってます……」

やばいやばい、なんだよ「あぇ」って。緊張しすぎて話せなくなってるぞ俺。しっかりしろ。

これも全部、どんどん家が近づいているのが原因だ。

これから家族に高宮が友達だと紹介することを考えると……。特に爺ちゃんが茶化《ちゃか》してきそうだ。

家族には友達を連れていくとは言ったが、それが女子だとは言っていない。というか、結局最後まで言えなかった。俺の根性無しめ。

「着いた。ここ」

「へぇー、藤ヶ谷くん、ここに住んでるんだ……」

俺が緊張しているように、きっと高宮も緊張しているだろう。ここは俺が爺ちゃんから護《まも》ってやらないと、きっと質問攻めになる。というか多分爺ちゃん以外もそうなるだろうな。

なにしろ俺が家に異性を招くなんて……、友達すら招いたことがないんだから。

「高宮、中に入ったらできるだけ俺の後ろに隠れて、もし爺ちゃんと遭遇したら俺が割って入るから、すぐに俺の部屋に避難してくれ」

「ふふっ、大丈夫だよ。それに、きちんと挨拶しなきゃだし、ご家族みんなに会わせてほしいな」

本当は緊張しているだろうに、平気そうにそう言った高宮のことを、生涯護りたいと感じた。……何考えてんだろ俺。

「ただいま」

「お邪魔します」

家族はみんなリビングにいるはずだ。気を遣わせるからできるだけ関わらないでくれとは言ってあるが、高宮が声を出した途端、ドタバタとリビングから家族全員が身を乗り出してくる。

「「「友達って女の子⁉」」」

「ああもう最悪だ……」

予想以上の反応に額を押さえていると、高宮は軽く頭を下げて微笑《ほほえ》む。そして手に持っていた紙袋を差し出して。

「お邪魔します。藤ヶ谷くんのクラスメイトの高宮光です。これ良ければ皆さんで食べてください」

その完璧な挨拶に、家族全員口を半開きにしている。

「翔にこんな礼儀正しい友達が……」

おい父さんそれどういう意味だ。

「あら、可愛らしい」

そうだろ婆ちゃん。

「女子じゃーー!!　翔が女子を連れてきたぞーー!!」

うるせぇよジジイ、恥ずかしいからやめてくれ。

と、やはり想像通りで大きいリアクションの藤ヶ谷一家……、ってあれ、母さ――。

「可愛い――!!」

騒ぐ家族の中に母さんの姿が見当たらないと思っていたら、一瞬にして高宮の正面まで飛んできていた。目がハートになっている。

「あっ、ははは……」

「なにこの子超タイプ!! 可愛いー!!」

どうやら高宮の美少女っぷりは母さんにぶっ刺さったらしい。

母さんは昔から可愛いもの、主に可愛い女の子が大好きではあるが、初対面の相手にここまでメロメロになっているのは初めて見た。

「母さん、高宮が困ってるから」

「大丈夫だよ藤ヶ谷くん。お母さんに可愛いって言ってもらえて嬉《うれ》しいです」

「なんていい子なのー!! もしかして、翔とお付き合いしてるの!?」

「し、してない!!」「し、してません!!」

「「「……ふーん」」」

なんで全員同じ反応なんだよ。

何か言いたいことがあるなら言えよ。

「光ちゃんって呼んでもいい？」

「もちろんです」

「私のことはお義母《かあ》さんって呼んでね〜」

「あ、はい。お母さん」

多分母さんと高宮の間で同じ発音でも違う意味の言葉の話をしているのだと察してしまう。

母さんは高宮のことを気に入って、何か企《たくら》んでいるのかもしれない。

「でね？ この家で翔のことを藤ヶ谷くんって呼ぶと家族みんな、自分が呼ばれたと思っちゃうの」

「は、い……？」

「だから、翔のことは翔って呼んでもらえる？」

「母さん余計なこと言うなよ、そんなこと言ったら高宮が困るだろ」

母さんありがとう。

お節介な母さんに産んでもらえてよかったよ。

「しょ、……翔、くん」

「う……、うす」

「だーはっはっはっ！ 翔が照れてるぞ！」

「うるせぇよ爺ちゃん!! 別に照れてねぇし!! とにかく！ 俺たちは部屋で勉強するか

ら邪魔しないでくれよ！」

　二階に上がろうとすると、爺《じい》ちゃんが俺にだけ聞こえるように耳打ちしてくる。

「爺ちゃんがみんなを外に連れ出しとくから、ちゃんと付けるんだぞ」

　このエロジジイ、高校生の孫になんてこと言うんだよ。そもそも付けるもの持ってないから。

「爺ちゃん、本当に付き合ってないから。変な手回しとかしないでくれよ」

「わーってるわーってるっ」

　わかってない奴の言い方なんだよなー。

「ごめんな、高宮。こんなにみんなが騒がしくなると思ってなかった」

　階段を上りながら言うと、高宮は心の底から嬉しそうに微笑んで。

「ううん、皆さん良《い》い人そうで良かったよ。仲良くなれるといいな」

「仲良くしなくてもいいって。あんまり関わることもないだろうし」

「関わること、ないかな？　もしかしたら、この先また来ることもあるかもしれないでしょ？　ほら、私と……翔くん、仲良いし」

　翔くんと呼ばれることに心が躍りつつも、熱くなった顔を見られないように視線を前に戻した。

もしも、いつか俺と高宮が付き合うことがあったなら、高宮が俺の家に来ることも、俺が高宮の家に行くことも、ありえるだろう。

もしも、付き合えばの話だ。

夏休みの期間限定ではなく、学校帰りや、休みの日にも……。

「そう、だよな。俺たち学校でもずっと一緒だし、一番話しやすい相手だって、思ってるし……」

「私も、そう思う」

エアコンの冷たい空気が届かない二階の廊下、扉の前に立ったまま話していると、体がじわりと熱くなる。高宮の首筋が汗で濡《ぬ》れているのがなんだか色っぽくて、視線を向ける位置が定まらない。

「つーか部屋入ろうぜ、暑い」

「うん」

部屋の扉を開けると冷房がしっかり効いている。高宮を迎えに行く前につけてきたのだ。もちろんエアコンをつけただけじゃない。普段から普通に掃除はしているが、何度も汚いところがないか確認した。

「ベッドでも座椅子でも、好きに座っていいから」

「うん、ありがと」

高宮は迷うことなく座椅子に座り、ショルダーバッグの中から教科書と夏休みの課題を出し始めた。

部屋にクラスの女子がいるという非日常感に心臓の音がうるさく騒ぎ始めていて、何度も確認したくせに掃除は行き届いているか不安になってくる。

掃除機はかけたし、ゴミ箱の中も空にしたし、ベッドメイキングだってやった。もちろんベッドを使う予定などないが。

「なんか飲み物持ってくるよ。麦茶とコーラがあったはずだけど、どっちがいい？」

コーラは爺ちゃんのだけど。

「麦茶でお願いします。ありがと」

「おっけー、じゃ、ちょっと待ってて」

部屋を出て、今まで息を止めていたわけでもないのに久しぶりの酸素のように感じて、一度深呼吸をした。

想定以上だ。自分の部屋に女子と二人という状況は、想定以上に緊張する。

教室に二人きり、なんてシチュエーションなら今まで何度かあったし、二人で出かけることもあった。

二人きり、という状況に特別緊張しているわけではないはずだ。

普段自分が寝て、勉強して、くつろいでいる部屋に、高宮と二人。

教室と比べると狭い、たった六畳しかない部屋に、高宮と二人。

そんなの、緊張するに決まっていた。

どうして俺はこの環境で勉強ができると思っていたのか。こんなの、何も頭に入ってこないじゃないか。

「あれ、なにやってるのよ翔」

「あ、母さん」

階段の最上段に座って瞑想《めいそう》していた俺に、トレイに飲み物を載せた母さんが不審者でも見るような目で言った。

「これ、飲み物持ってきたけど、二人とも麦茶でよかった？」

「うん、ありがとう……」

トレイに載ったコップ二つ。トレイごと預かって、部屋に戻ろうとした。でも、やはり母親というのは子供の変化に敏感らしい。

「好きなの？　光ちゃんのこと」

「別に……」

母さんに隠しごとができたことなんて、今まであっただろうか。いつだって、俺の考えは手に取るように全て見透かされてきた。

たとえ気付かれているとわかっていても、母さんに自分の恋愛話をするなんて恥ずかしくてできない。

「そう……、でも、光ちゃん可愛《かわい》いから、早くしないと誰かに取られちゃうかもしれないよ？」

否定したのに、やはりバレている。

「わかってるよ……、それくらい」

「それに、母さんはあんなに可愛い子が家にお嫁に来てくれたら嬉しいから、逃がしちゃだめよ」

「ははっ、なんだよそれ。気が早《はえ》ぇだろ」

笑うことで、少し緊張がほぐれた気がした。そんな状態の俺に、母さんから背中への勢いある平手が浴びせられる。

「痛っ!!」

「楽しんでおいで」

「叩《たた》かなくてもいいだろ……！」

「根性注入！」

実際背中がジンジンと痛むことで少しだけ緊張以外の感情も出てきて、緩和された気がする。

リビングに戻っていく母さんの背中に感謝の念を送り、俺は部屋に戻った。

「お待た……」

扉を開けると、さっきまで座椅子に座っていたはずの高宮が、座椅子の上にいなかった。狭い部屋だし、どこに居るのかなんてすぐにわかった。というか、部屋に入ったタイミングですぐ目についた。

ベッドでうつ伏せだった高宮が首だけを曲げて俺と目を合わせて言うんだ。

「あっ」

一瞬固まって、顔を赤くして必死に弁解を始めた。

「ち、違うの！　ちょっと勉強疲れたなーって！　藤ヶ谷くんベッドも座っていいって言ってたし、寝ころぶのもそんなに変わらないしいいかなーって！　ご、ごめんね⁉」

勉強で疲れたという高宮の課題は、机の上で一ページ目すら開かれていない。

言い訳だと悟った俺は、高宮が他の目的で俺のベッドに顔を埋《うず》めていたのかもしれないと勝手に想像して、顔が熱くなる。使う予定はなかったけど、ベッドにファブリックスプレー撒《ま》いといて良かった……。

　母さんがせっかく緊張をほぐしてくれたのに、結局最後まで勉強が全然手につかなかった。


　夏休みが明けて、またいつもの高校生活が始まる。

　会っていない約一か月の間に日焼けして肌が真っ黒になっているバスケ部の佐野《さの》が、クラスのみんなに「誰だよ」といじられていたり、夏休みの間に何があったのか、大人しいタイプだった影山《かげやま》さんが眼鏡をコンタクトにしたうえにどこか垢抜《あかぬ》けた印象で話題になっていて。

　佐野と影山さんだけじゃない。

　一か月以上も見ていなければ、今までもあったはずの小さな変化が積み重なって大きな変化に感じるものだろう。

　俺も例外じゃない。とは言っても少し肌が焼けたことくらいだが。

「なんか高宮可愛くなってね？」

　そう言ったのは野球部に所属している男子。もう一人の野球部員との会話が、普通なら聞こえない距離で話しているのだが、なぜか「高宮」というワードが出た時だけ聴力が増したのかはっきりと聞こえてきた。

「好きな人でもできたんじゃね？」

「まじかよ、俺狙ってたのに」

「どんな男だろうな」

「きっと韓国アイドルみたいなイケメンだぜ、髪はセンター分けでなんかこう……くるってしててさ」

「だろーなー、だってあの高宮の彼氏になるような奴《やつ》だもんな。くるっ、だろうな。目はきゅるっ、だし」

「俺もセンター分けでくるってしたら高宮と付き合えるかな？」

「無理無理。つーか俺今日センター分けでくるっとさせてきたんだけど、いけんじゃね？」

「いけるいける。告ってこいよ」

「冗談だよ！　恥かくだけだろ」

窓の外を眺めつつ興味ないふりをして聞き耳を立てる。

俺は夏休み中も普通に会っていたから、高宮の変化には全然気付かなかったが、可愛くなったのか。

だとすれば、その要因は長く一緒に居た俺の影響で……？

いやいや、自惚《うぬぼ》れんな。

つーか野球部、お前ら二人とも坊主だろ。

「藤ヶ谷くん、おはよう」

「おう、おはよう」

少し可愛くなったと噂《うわさ》話《ばなし》をしているのは、野球部の二人だけではなかったのか、高宮が俺に話しかけると、クラスの男子ほぼ全員が俺の方をガン見してくる。

「久しぶりだね」

「そんなに久々ってわけでもないだろ、三日前くらいに高宮の家で勉強……」

高宮の意思を汲《く》み取れず、洗いざらい話してしまった俺への視線が刺さる。

「バレてもよかったんだ。藤ヶ谷くんがいいなら、私は全然いいんだけどさ」

それだけ言い残して、高宮は教室を出て行く。

他のクラスにいる友達に会いに行くのだろう。そしてそんな状態で残される俺。うーん、この状況はまずい。

「おい藤ヶ谷どういうことだよ説明しろよ！」

肌が真っ黒になった佐野。

「「お前高宮と付き合ってんのかよ⁉」」

泣きながら聞いてくる野球部の二人。

「いや、高宮の反応を見るに、両片思いだぜこれ、熱いよ！　夏よりアツい！」

話したことない男子。名前もわからん。

なんだよこいつら、近いし汗くさい。

「付き合ってないって！　だから離れろ！」

つーか高宮、俺がいいなら全然いいって、どういう意味のいい、なんだよ。

俺の心に靄《もや》を残したままどこかに行ってしまった高宮は、後に俺と同様、クラスの女子から囲まれて質問攻めを受けることになった。


夏休みが終わると、暑いし早く終われと思っていた夏があっという間に終わる。

終われ終われと思っていても、いざ終わってみると次は寒い時期がやってくることで、早く暖かい季節がこないものかとないものねだりになるものだ。

そんなあと少しで惜しまれることになるこの暑さが終わりを迎えようとしていた九月。

俺と高宮は、夏休み明けの一件から、クラスの連中に冷やかされる関係になった。

今までろくに話したこともない男子から、「俺はお前のこと、応援するからさ」とか、「まさか藤ヶ谷に負けるとはな……、頑張れよ」とか言われて困惑しつつも、会釈一つで乗り切る日々。

「文化祭、うちのクラスは『ロミオとジュリエット』で決まりね」

クラスの連中に丸め込まれて、俺がロミオ、高宮がジュリエットとなる。

正直な話、高宮と何かをできるというのは嬉《うれ》しかった。ただ、よりにもよって演劇。それも一番目立つ主役。

そんなの俺ができるわけがない。かといって他の誰かに役を譲れば高宮と誰かのロミジュリを見なければならない。

俺は意外にも、嫉妬するタイプらしい。

「わかったよ、やればいいんだろ……」

本当にやりたくなくて、本当にやりたい、そんな複雑な感情でロミオを演じることになった。

「頑張ろうね、藤ヶ谷くん」

「おう」

まずは台本を覚えるところから始めて、演劇部による指導もあった。発声練習もやらされて、こんなこと意味あるのかと文句をたれる俺に演劇部の連中が、発声練習がいかに大事かを一時間ほど話し続けたことで大事だということだけは理解して、同時に文句を言うのはもうやめた方がいいと学ぶ。

衣装を合わせるために裁縫部の女子三人に囲まれて色々測られた。くすぐったかった。

俺が測られるということはもちろん高宮もなわけで、カーテン越しに高宮が制服を脱ぐ影が見えた時は大変だった。

測定をしたのは家庭科室で、そこには裁縫部の女子三人と高宮、そしてカーテンの向こうで自分の番を待っている俺。

何が大変だったとは言わないが、これから採寸で体を触られるというのにナニかが大変だったんだ。

クラスの連中は放課後の練習が終わるとそそくさと帰り、俺と高宮はいつも二人残される。

駅まで一緒に帰ることが増えて、いつも帰り道の途中にある公園に寄り道していた。

まだ少し暑い九月も、少し寒くなってくる一〇月も、決まっていつも飲んでいた缶の炭酸ジュース。

公園の側《そば》にある自動販売機で買ったそれがなくなるまでの約一時間、俺たちはジュース一本分の休憩という口実を使って、一緒にいる時間を作っていた。

この頃には、正直もうはっきりとわかっていた。

俺と高宮は、同じ気持ちだ。

同じだから、本当は疲れてもいないのに歩くのが疲れたただの練習で疲れたただの喉が渇いただの言い訳をしてこの公園に寄り道する。

本当はまだもう少し、一緒に居たいだけだった。

会話の内容なんて、本当にどうでもいいことばかりで、中身なんてない。特に、お互いの気持ちに気付いているであろう今、何をするのも恥ずかしかった。

ただの友達から、変わりたい。でも、今の関係が壊れるのは怖いから、一歩が踏み出せない。

そんな状態で毎日が過ぎていく。

明日こそは、明日こそは、そう毎日唱えた。結局気持ちを伝えることがないまま迎えた文化祭。

練習の成果もあり、演劇は無事に成功した。

高宮のビジュアルの良さのおかげか、クオリティが特別高かったわけでもないし多分そうだろうが、他校の生徒まで沢山の男子が観《み》に来て大盛況だった。

俺と高宮が二人で校内を周っていると、学年問わず色んな男子から話しかけられて、何度も高宮を連れ去られないか不安になった。

でも、そんな心配をしている場合じゃない。

俺は今日こそ、この気持ちを伝えるんだ。そのドキドキが、演劇で舞台に立つドキドキをも凌駕《りょうが》していたおかげで乗り越えられたんだ。

これでやらなきゃ、それこそ他に取られてしまう。

言おう言おう、そう考えているうちに文化祭は終わっていて、いつも通りクラスのみんなは俺と高宮を残していなくなる。

今日なら、チャンスはもうこの帰り道しかない。いや、今日言うんだ。

「藤ヶ谷くん、今日も一緒に帰ろうね」

「おう」

文化祭の帰り道、いつもの公園。

近くにある自動販売機で缶の炭酸ジュースを買って、二人でベンチに座った。

「高宮……」

「なに……？」

心なしか、高宮もいつもより少し緊張気味に見えた。俺が出している緊張感を感じ取ったのかもしれない。

さあこれから告白しますよって言ってるようなものだしな。

「あのさ……」

「うん……」

えーっとさ、あのー、あれな、うん。えー、うん。

なんだよこれ、めっちゃ緊張するじゃん！

心の声がずっと一人で話し続ける。

話さなきゃならないのは実際の口だろ、早くしろよ俺。この根性無しめ。でもなんて言えばいいんだろう。シンプルに付き合ってくださいかな、いやでも今更敬語でってのもなんか照れるし。だったら、付き合ってほしい、かな。でもなんか付き合うってワードがそもそも緊張するんだよな。今までそんなこと言ったことないし。

「藤ヶ谷くん……？」

一人でごちゃごちゃ考えている俺の袖を摑《つか》み、こちらを見上げる高宮。

その瞳は泣いているわけでもないのにキラキラと輝いていて、それを見たら、自然と言葉が零《こぼ》れていた。

「……付き合うか？」

やってしまった。

なんて男らしくない言葉のチョイスだ。疑問形での告白なんてこれまでドラマや映画で聞いたことないぞ。

どうしよう、どうやって挽回《ばんかい》しよう。そもそも挽回のチャンスあるのかこれ。きっと今ので高宮に失望されたに違いな――、

「……そうする？」

「――え」

上目遣いのキラキラした瞳の高宮がこの世のものとは思えないくらいに尊くて、叫び出しそうに……、

「え、ってなに⁉ そんなに予想外みたいな顔して！ おっけーに決まってるじゃん！ ずっと待ってたに決まってんじゃん！ もしかしたら好きなのって私だけなのかなって思い始めたりもしたよ⁉ あーよかったー！ 両想《りょうおも》いだったんだー！ 安心して泣きそうなんだけど〜！」

まるで息を吹き返すように、高宮の感情が全て口から出てくる。

それを見て、俺たちの相性の良さに笑ってしまいそうになる。なんだよ、俺たち、全く同じ気持ちだったのかよ。

「ははは、俺も泣きそう！」

「いいんだよ泣いても、彼女の私が全部拭ってあげる」

「泣かねぇよ、拭うのは俺がやってやる、彼氏だからな」

恋人という肩書きに二人して浮かれた一一月三日。

俺は、俺たちは、この日をずっと忘れないだろう。

二話　傷つくのを恐れていては恋愛などできない。

——今度こそ、ちゃんと話し合おう。

光《ひかり》との扉越しの会話の翌日、俺はいつも通りカフェのアルバイトに勤《いそ》しんでいた。

毎週日曜はこうして働いているわけだが、昨日の非日常感からまだ抜け出せていなかった。

余韻が残る俺とは違って、楽しそうに働く縁司《えんじ》を遠い目で見ていると横腹を田中《たなか》に肘で突かれた。

「なにボーっとしてるんですか」

「ああ、ごめん。仕事するよ」

「違いますよ、私は謝れ、仕事しろって言ってるわけじゃなくて、ボーっとしてる理由を聞いてるんです。先輩、今日はずっとその調子じゃないですか？　私でよければ話くらい聞きますけど」

なら肘で突くなよ。怒ってると思うだろ。

少し前までの田中なら、「早く仕事してください、仕事しない先輩と同じ時給で働いているのが不愉快です」と毒を吐いてきそうなものなのに、最近は少し俺に優しくなった気がする。肘で突くけど。

「いや、別に……」

「昨日、お姉ちゃんと会ってましたよね？」

「え」

「私が何も知らないと思ってたんですか？」

「お前まさか今でも俺のこと監視してないだろうな？」

「してないですよ。今は先輩のこと、……良《い》い人だって知ってますから」

「らしくないこと言うなよ。なんか変だぞ」

「先輩のそういうところ、嫌いです」

「え、どこがだよ」

「教えてあげません」

言い捨てて食事の提供に行ってしまった田中。

一度振り向き俺と目が合うと、舌を出してしかめっ面をしてくる。何に怒ってるんだあいつ。

「翔《しょう》ちゃん、最近田中ちゃんと仲良くなったよね」

田中と入れ替わりで提供から戻ってきた縁司が微笑《ほほえ》みながら言う。

「今の見てどこが仲良いと思ったんだよ。バッチバチに仲悪いぞ。まあ、前よりは多少マシになったかもだけど」

「田中ちゃんのアレは、親愛の証拠だと思うけどなー。僕に対してはもっと心の壁があるように感じるよ？　あれだけ素で接するってことをしてくれるのは、充分懐いているってことだとメンタリストの僕は思うな」

「お前もはやメンタリストを自称し始めたのか」

「異論は？」

「ない」

「そんなメンタリストから、翔ちゃんにお願いがあるんだ」

縁司は俺の手を引いて、キッチンの中に入る。手を引いて強引に、とかそんなラブコメムーブかましてんじゃねぇぞ。

そんな俺のヒロインでもある縁司は、ホールから見えない厨房《ちゅうぼう》の陰にしゃがみ、スマホを取り出した。

「おい、今仕事中だぞ」

「大丈夫大丈夫、今日暇だし。それより、僕卒業したらやりたい仕事があってね、明日からそこにインターン行くことになったんだけど」

「へー、どこ?」

縁司がニカっと微笑みながら見せてきたのは、とある会社のホームページ。意識高そうなIT企業だなー、と呑気《のんき》に見ていたら、俺もよく知るロゴが目に入る。

「え、コネクトの会社なのか!?」

「そっ! 今度は運営する側をやってみたいなって思ってね」

縁司はてっきり楓《ふう》さんを忘れるためだけにコネクトをやっていたと思っていたが、実はこの業界に興味があったんだな。

「翔ちゃんと関わってて思ったんだけど、人の恋愛を支援するのが楽しいみたいなんだよね、僕。結婚相談所とかも考えたんだけど、やっぱり縁もあるし、コネクトに興味が出ちゃってさ」

「そりゃあ立派で良いことだな」

俺は、将来のことなんて何も考えていないのに。

楽しそうに未来のことを話す縁司を見ていると、なんだか情けなくなる。俺は将来何がしたいんだろう。

別にやりたいことはないし、とりあえず大学に入って、適当にイイ感じの会社に入って、普通に生きていけたらいいかなって。

ただ、その普通の人生の中でも、縁司や心《しん》さん、楓さんと田中も、……それに、光が居てくれたら、ただそれだけで充分幸せに生きていけるんじゃないかって思っていて。

「それでね、インターン中実際にどんな仕事をするのか聞いたら、一つ、面白そうなものがあってさ」

「……？」

「マッチ後のカップルに、密着インタビューって企画！」

「まさかお前……」

「もう理解したみたいだね、話が早くて助かるよ」

にっこにこでヤバいこと考えてる縁司から逃げようと厨房から頭を出すと、すぐさま両肩に手を置いた縁司に戻される。

「これで、翔ちゃんのことをインタビューさせてほしいんだ」

「ふざけんな。なんで俺なんだよ」

「もう会社の人に言っちゃったんだもん、友人が許可してくれましたって」

「勝手に決めんな！　つーか俺コネクトでカップルになったことないだろ！」

「そこはほら、光ちゃんか初音《はつね》さんと恋人のフリをしてくれればいいからさ」

「お前不真面目だな、偽物のカップルで記事書く気かよ。そんなことしてもしバレたら大変なことになるぞ」

「僕から見れば、翔ちゃんとあの二人はカップルに見えるよ？　とりあえず、夏休みの一か月間、何度かデートしてもらってその日に僕が密着させてほしいなって」

「待て待て、百歩譲って密着するのはいいとしても、デートに付いてくる気なのか？」

「当たり前じゃん！　あ、密着おっけーなんだね、ありがとう」

「言ってねぇよ!?」

それに、今光とは俺から会おうって言える状況じゃないし。俺は今、光からの連絡を待っているんだから。

――ちゃんと連絡するから、だから、今は……。

ああ、また昨日のことを思い出してしまう。

ただ待っているだけというのも、言葉にできないモヤモヤが胸の奥に張り付いてきて気持ちが悪い。

「今、光とは会えないんだ。それに、心さんだって、そんなこと頼んで了承するわけがないだろ。人見知りなんだから」

「ちょっと二人とも、なにコソコソサボってるんですか」

提供から戻ってきたらしい田中が、仁王立ちで俺たちを見下ろす。縁司はいつの間にかスマホをポケットに入れていた。

「田中ちゃん、僕は違うよ？　翔ちゃんがつまみ食いしようぜって無理矢理《むりやり》……」

「言ってねぇよ⁉　つーか縁司、田中ならどうなんだよ。どうせフリなら、誰だっていいだろ」

それに、最近田中は俺に少し優しくなった。今ならいける気がする。

「文句言いつつもやってくれる気ではあるんだね。でも、どうかなー？」

しまった、やる流れになってしまった。

どこからハメられていたのかもわからないところはさすがはメンタリストといったところか。

「なんの話ですか？」

縁司の頼みを田中に聞いてもらい、そのうえでさっきの俺の提案に戻ってくる。

田中は一つ、ため息を吐《つ》いて。

「お断りします」

「ほらね？」

「私に一か月間先輩と恋人ごっこをしろと？　なんの拷問ですか。それに、私コネクトや

ってませんから」

拷問って酷《ひど》くない？

「あ、そっか。まずそこで前提が破綻してた。つーかそれを言うなら俺は恋人いないんだけどな……」

「先輩とお姉ちゃんなら、恋人には見えるんじゃないですか？」

「え……」

前は俺と心さんじゃ釣り合わない、とか言ってたのに。俺の評価いつの間に上がってたんだ。

「やっぱり、田中ちゃんもそう思うよね。じゃあ翔ちゃん、光ちゃんか初音さん、どっちかに頼んでよ」

どっちかって……。

どっちを選ぶにしても、その選択は縁司に知られるわけだし、記事にされるわけだし、光との現状を縁司に知られるわけだし。だったら——。

「心さんに、頼んでみるよ」

また、逃げてしまった。

本当は今、会わないといけないのは、会いたいと思っているのは、光なのに。

とはいえ、今光と一緒に縁司のインターンの協力ができるような雰囲気ではないのは確かだ。

俺の選択に、縁司と田中が目を見開いて。

「初音さんなんだ」

「お姉ちゃんなんだ」

「なんだよ」

「いや、別に」

「いえ、別に」

何か言いたそうな二人を置いて、提供に向かった。

頼めばきっと、心さんは協力してくれるだろう。

光は、どうだろうか。

月曜日が始まり昼になれば、またいつものように食堂で心さんと待ち合わせているわけでもないが一緒に昼食をとる。

もう連絡しなくても当たり前にそこにいる心さんを見つけて、正面に座った。

「こんにちは、心さん」

「こんにちは、翔くん」

先日光の家に行った後から、お互いに口数が減ったように感じる。

別に心さんと気まずいわけではないが、楽しく会話、という雰囲気ではないことは明らかで、それはお互いに感じていることだろう。

光との会話の内容を心さんは知らない。心さんは聞いてこないし、俺から話すつもりもない。

光だって、言われたくはないだろう。ただ、近々連絡がくる、とだけ伝えてある。

心さんが光と話したことだって、俺は知らされていないわけだし、心さんも何かを察しているのか、今はただ光からの連絡を待つ期間に入ったと、示し合わせたわけでもなく二人の間で決まったような空気感だ。

お互い何かを腹の内に隠しているとわかっているからこそ、いつもの楽しい昼食の空気が重い、そう感じてしまう。

こんな時、縁司が居てくれれば、いくらかマシになったに違いないのに。そうだった、縁司の手伝いを協力してほしいと伝えなければいけないんだった。

よく考えれば、光と気まずいのはもちろんだけど、心さんにもそんなことを頼むのは少し気まずい状況だったんだ。

縁司は、全てを見通したうえでそんな俺が逃げないようにこんなことを頼んできたのかもしれない。

縁司なら、大いにあり得る。

縁司にそんな意図があろうがなかろうが、俺は心さんにその話を切り出さなければいけない。

もう受けると言ってしまったし、いつまでも変わることを恐れていてはダメだと思うから。

変われなきゃ、光と会ってもまた昔のように小さな理由で仲違《なかたが》いになってしまうだろうし、明日謝ればいい、来週でもいいか、向こうから連絡が来たら、そうやって逃げ癖を発揮していつまでも俺は俺のままになってしまう。

ただ光からの連絡を待つだけじゃだめなんだ。

光と会う時までに、俺は俺を好きになれるようになろう。俺の思い描く、理想の自分なら、ここで逃げたりなんかしない。

「翔くん？　オムライス、美味《おい》しくないですか？」

「えっ、美味しいですよ」

「凄《すご》く険しい顔で食べてたので」

「あ……、ごめんなさい」

「別に謝らなくてもいいんですよ？」

苦笑いを浮かべた心さんを見て、こんな時、縁司なら軽い冗談を言って良い意味《い》の微笑《ほほえ》みに変えてしまうんだろうなと、自分のユーモアのなさに落胆する。

俺の理想とするのは、縁司や光のような明るく誰とでも仲良くできるタイプなんだと思う。

縁司や、光のように、いつも友達に囲まれていて、人生が楽しくてしょうがないように見える二人が、羨ましいんだと思う。

でも、俺が縁司のように人懐っこい性格だとマイナスのギャップで気持ち悪いよな、とブレーキをかけて変わろうとしない。

「心さんは、どうして俺と友達になってくれたんですか？　俺って結構不愛想だし、縁司や光みたいに人気者とは程遠い存在ですし」

突然本気の悩みを打ち明けられて戸惑っているのだろう、眉が少し上がって、咀嚼《そしゃく》が止まる。

数秒固まった後、口の中にあるオムライスを飲み込んでから、心さんは不思議そうに首を傾《かし》げて。

「翔くんは、翔くんですよ？」

「……？」

「例えば、この世界のみんなが一ノ瀬《いちのせ》くんみたいな人だったら、どうですか？」

「どうって、……大変なことになりそうですね。平和ではありそうですけど」

想像すると結構鬱陶しいな。脳内で「翔ちゃーん！」という縁司の声がいくつも再生される。ええい、黙れ。

「じゃあ逆に、この世界の人がみんな、翔くんだったら？」

「すっごい静かで交流のない世界になりそうです」

「私だったらどうですか？」

言っちゃ悪いが、話し声が一つも聞こえてこない世界になりそうだ。俺とほとんど変わらないが、俺しかいない世界よりかはまだ見てられる。

世界中の全員があの人と話したいなーと考えているが、話しかけられずに挙動不審になっていることだろう。

「なんで笑ってるんですかっ。私の世界で何を想像してるんですかっ」

頰《ほお》を膨らましている心さんに癒《いや》される。気付けばこうして笑顔になれているから、やっぱり心さんと居る時間は好きだ。

「とにかく、私たちはみんなそれぞれ良いところも悪いところもあると思うんです」

心さんの言いたいことが、遅くはあるが理解できて、やっぱり心さんは人としても素敵だと感じる。

「性格が全然違うのに、翔くんと一ノ瀬くんが仲良くできているのがその証拠です。いなくてもいい人なんていないんです。それに、翔くんは自分のことを卑下しているように聞こえますけど、私はそうは思いませんよ？」

俺は、なんてくだらない質問をしたんだと数秒前の自分の発言を取り消したくなる。

「光ちゃんや一ノ瀬くんと話している時は、私と話す時と違って言葉が荒いところがありますよね。でも本当は、凄く優しいことを私は知っています。あれはあの二人だからの態度で、人それぞれに合った対応ができている分、ある意味コミュニケーション能力が高いとも思えますし」

心さんは、子供に絵本を読み聞かせるように、穏やかな表情のまま言葉を紡ぐ。

「誰かのために本気で悩める人だってことを知っています。その優しさを見ず知らずの人にも平等に与えられる人だって知っています。なにより、そんな自分の魅力に気付かないところが、私は素敵だと思います。私はそんな翔くんのことが好きだし、光ちゃんも、一ノ瀬くんも、天《そら》だってそう思ってるんじゃないかなって感じますよ？……ああ、なんか私変なこと言ってますね……！　恥ずかしくなってきちゃった、忘れてくだしゃい……！」

ひたすらに褒められて、恥ずかしいのは俺も同じだった。自分では全く思いもしない自分の魅力を、他の誰かには感じてもらえている喜び。

「ごめんなさい、変なこと聞いて。ちょっと感傷に浸ってました。恥ずかしいな」

「いえいえ、私でよければ、翔くんの素敵なところくらい無限に言ってあげます」

「もう恥ずかしいのでいいです。ははは」

「ふふっ」

なんだろう、心さんと居ると気持ちが穏やかになる。こういう人と結婚すると、きっと幸せなんだろうな。

「心さんに頼みがあるんですけど、いいですか？」

今なら言いやすい。

さっきまでの重い空気が嘘《うそ》のように感じる今なら。

「……？　はい、翔くんのお願いなら、不可能なことでなければ」

「縁司が今日からインターンで、コネクトの会社に行っているらしいんですけど、コネクトで出会ったカップルに密着するって企画を手伝うそうで、俺にも手伝ってほしいって言われてて」

「カップル、ですか……」

「はい。カップルのフリでいいから、密着させてくれないかって」

「私たち、お付き合いしてませんけど、大丈夫なんですか？」

バレなければいい、とか言ってた気がするが、結局密着の練習にもなるから記事にしないとしても密着する価値はあるらしいと、縁司は言っていた。

あいつ、なんとか言い訳して俺と心さんのデートに密着したいだけなんじゃないだろうか。

「そこはそんなに問題じゃないらしいです。縁司が後で記事にする時いつでも観返《みかえ》せるように動画を回すのと、いくつか写真を撮るのと、会話の内容とインタビューだけ記事になる可能性があるんで、恋人のフリはしなくちゃいけないみたいですけど」

心さんは視線を落として少し考えてから、心配そうに言う。

「それって、光ちゃんにも頼みましたか？」

「いえ、今は……頼める状況じゃないかなって……」

「ああ……、まあ、そうですよね」

「はい……」

やっぱり、どうなんだろう。

心さんにこんなことを頼むのは、間違っている気がする。

思わせぶりなことをしているという自覚はある。心さんは協力してくれるだろうという確信に近いものがあって、それを利用している気になって罪悪感が募って。

「ごめんなさい、迷惑でしたね。やっぱり縁司には断っときます」

心さんは少し顎に手を当てて考えてから、スマホで何かを打ち始める。数分悩みながら文章を作ってから、シュポっと送信音が聞こえてくる。

誰かに何かを送ったのだろうが、送った相手だけは察して、内容は聞くことができなかった。

「その企画、私にやらせてください。これは気を遣ってるわけじゃなく、私のためなんです」

心さんは真っ直《まっす》ぐに、なにか強い意志のようなものを感じる瞳で見つめてくる。

それを否定してやっぱり断るとは言ってはいけない気がした。本当に、そこには心さんの意志があって、否定することは心さんのことを否定するのと同じだと思って。

「……わかりました。じゃあ、縁司には俺から伝えときます」

心さんも、何か思うことがあるのだろう。俺だってそうだ。

それでも、お互い口には出さなかった。

予定が合う週末に向けて、俺たちは三人のＬＩＮＥグループを作成して、計画を練り始める。

縁司からの要望は、付き合う前の話などをインタビューしたり、付き合ってからの変化だったり、現在はどういうデートをしているのか、コネクトを使って良かった点などを聞かせてほしい、というものだった。

まずはインタビューを受け、何度かデートに密着して、俺と心さんの写真を撮ったりするらしい。

縁司は思っていたより本気らしく、自分と楓さんとのデートも記事にすると言っていた。自分の恥ずかしいところを曝《さら》け出してまでやりたいことなんだろう。俺も、何かやりたいことが見つかればいいなと、縁司をまたしても羨ましく思う。

密着デート第一回は、デートらしいところにしてほしいと頼まれたが、デートらしいってどこなんだろう。

「インタビューはどこでするんだ？」

俺の部屋でうつ伏せ大の字に寝転んでいる縁司に聞くと、冷房で冷えた床が気持ちいいのか、そのまま答え始める。

「んー、本当は二人一緒に聞くのがいいんだけど、本音を引き出すならお互いがいない状況の方がいいのかなって。だから、個別に聞かせてもらうよ」

「だからこんな夜中に俺の家にいるのか」

「夜中って、まだ二三時だよ」

「普通この時間に友達の部屋行かないだろ」

「翔ちゃんが普通の友達って価値観で僕にとやかく言えるの？」

「はいはいすみませんでした。で、なんだよ、さっさとインタビューしろよ」

　ベッドに腰掛けて、縁司の背中に足を乗せる。

「じゃあまず一つ目。僕は翔ちゃんにとって足置きですか？」

「はい、そうです」

　少し黙った縁司は、首を俺の方に向けてこれから悪戯《いたずら》をする子供のように笑った。

「友達だからだよ！」

　まだその話引っ張るのかよお前。

　ムカつくので背中に踵《かかと》落としをしてから座椅子に座らせた。

「じゃあ、本当の質問を聞かせてくれ」

「はい、すみません」

縁司から送信されてきたファイルに目を通して、質問内容を確認する。つーかデジタルならわざわざ来なくてよかったんじゃ……？

「一つ、いいねはどちらから送りましたか？」

「あ、お前読むのか」

「うん、なんかその方が楽しいじゃん」

「あっそ。どっちだったかな、多分俺だと思う」

「多分じゃダメだよ、思い出してみて」

「んー、わかんねーよ」

「仕方ないなー」

ため息を吐《つ》いた縁司は誰かに電話をかけ始めた。

「あ、もしもし初音さん？」

「は？」

「翔ちゃんとマッチした時って、どっちからいいね送ったか憶《おぼ》えてる？　…………そっか、ありがと！　じゃあまたね！」

「それ聞くためだけに電話したのか？」

「ＬＩＮＥより早いしね」

恐るべきコミュ力。

俺は電話かかってくるだけで大慌てだってのに。

「じゃあ次の質問は……」

「え、どっちだったんだよ」

「翔ちゃんからだって言ってたよ。嬉《うれ》しかったって」

「あっそ……」

嬉しかったんだな。なんか照れる。

「次、初対面の印象はどうでしたか？」

初対面の印象か……。

俺と心さんの初対面は、マッチした時だと俺は思っていた。でも実際は受験の日だろう。心さんの描いた漫画はほとんどノンフィクションなわけだし、あの時名前も知らずに会っていたんだ。

でもこれはコネクトで出会った二人に対するインタビューだ。元々知り合いだった、なんてことになれば何か不都合かもしれない。

「大学の授業で、偶然隣の席になったのが初対面だったよ。こんなに可愛《かわい》い人とマッチするんだなって、マッチングアプリに対する偏見が間違いだったと思った瞬間だった。印象は、アイドルみたいな人だなって」

そうやって、何度も縁司の質問に答えていくと、これまでの心さんとの思い出を振り返っているような気分になってくる。

一緒にカフェに行って、眼鏡の試着をしてはしゃいでいる心さんが可愛くて、普段とは印象が違うアイススケートをする姿に魅了された。

尊敬できる何かがある人に、人は好意を懐《いだ》くんだろうと、その時感じたのを思い出す。実際、あの時光への未練が無ければ俺は心さんに惚《ほ》れていたと思う。それでも、光の存在が俺の中で大きくて、引っ掛かったから、会いに行った。

誰かに取られたくない、俺と居てほしい。

元恋人として懐いてはいけない独占欲に負けた。その結果、心さんを置いて走って。あの時は、失礼なことをしたものだ。

それでも許してくれた心さんは、心が広い素敵な女性で、俺なんかに釣り合うわけがない人。

——なにより、そんな自分の魅力に気付かないところが、私は素敵だと思います。

心さんの言葉を思い出す。

そうだよ、もう俺なんかって考えるのはやめよう。

俺を卑下するのは、俺を好きでいてくれる人に対して失礼だ。

そう思わせてくれた心さんに出会えて、俺は幸せだと、インタビューを受けながらずっと感じていた。


「それじゃあ、今日は二人ともよろしくね」

「はい！」

「おう」

三人で三ノ宮《さんのみや》駅に集合して、縁司はカメラを構える。

俺と心さんは、これから縁司とカメラに監視されながらデートをすることになるのだが、正直落ち着かない。

「あ、そうだった、一応再確認だけど……」

「……？」

「ん？」

嬉しそうに人差し指を立てた縁司を見て、あまり良《い》い予感はしなかった。

「二人は付き合ってるんだってこと、忘れないでね？」

まあ、そういう話だったたし理解はしてるけど、なぜわざわざ言ったんだろう。

「僕は基本的に黙って二人に付き添うだけだから、居ないものと思ってもらって構わないからね」

だから、わかってるよ。なんで今更そんな確認をするのか。

「それじゃあ、スタートするね」

それを合図に、縁司はカメラのスイッチを押し、話さなくなる。

「それじゃあ、行きましょうか心さん」

「はい、行きましょう！」

「はいはいすとーっぷ！」

「なんだよ、喋《しゃべ》らないんじゃなかったのかよ」

「だって二人ともルール違反するんだもん」

ルール違反？

心さんと顔を合わせて縁司の言った意味を考えるが、よくわからなくて。

今のたった一言のどこがルール違反なのか。

「二人とも、本当にカップルのフリする気あるの？　本当のカップルにしては少しよそよそしいよ」

「は？　どこがだよ、これがいつもの俺らのデートの始まり方だぞ」

「はい、いつも通りですけど……」

言ってから恥ずかしくなってくる。いつもの俺と心さんを見られているのか、そう自覚してしまって。

「だって、普通のカップルは敬語で話さないよ？」

「「たしかに……」」

くそ、二人して納得してしまった。

「本当の恋人だと思ってやってくれないと、僕だって仕事なんだからさ。遊びじゃないんだよ？」

「おい、手伝ってやってるのを忘れんなよ」

「でも翔くん、やるからには……ちゃんと恋人になりま、ううん、なろう？」

「は……、うん」

最初からいくよ、と縁司はまるで恋愛映画でも撮っているように、映画監督になりきって言う。

ムカつくがやると言ってしまったわけだし、心さんにここまで付き合わせてやっぱりやめるなんて言いづらい。

「心さん、行こっか」

　呼び方は……、まあこのままでも文句ないだろ。

　一応一ノ瀬監督に視線を送るが、問題なさそうだ。むしろ楽しそうにニコニコしてやがって不愉快だ。

「今日は猫カフェだよね？　楽しみだねっ」

「うん、俺も楽しみ」

　まるで本当の彼女のように、俺の腕に自分の腕を絡めてくる。その腕が温かくて、肌は滑らかで、どうしたって女の子なんだなと意識してしまう。ああ、なんだこれ。超照れる。

　声を出せないからだろう、一ノ瀬監督がＬＩＮＥで「硬い」と一言でダメだしをしてくる。黙ってろやかましいわ。

「ちょっと歩くけど、大丈夫？」

「うん、歩くのも翔くんとなら楽しいよ」

　心さん、いつの間にそんなこと言えるようになったんだろう。

　少し前までは目は合わないし、会話の度に噛《か》んでいたし、手なんかずっと震えてたっていうのに。

　心さんも、成長してるんだ。俺も負けてられない。

　俺たちは三ノ宮駅から元町《もとまち》駅まで、一駅分歩く。

三ノ宮駅から元町駅までは徒歩一〇分くらいで、ＪＲの新快速が元町駅には停《と》まらないことから、元町で用事がある時は一旦三ノ宮で降りて歩くことが多い。

三ノ宮駅から元町駅に向かう道には三宮《さんのみや》センター街があり、多くの店が並んでいるからウィンドウショッピングができたりして、まあ退屈はしない。

そして俺たちもそうしたわけだが、センター街に入ってすぐのところにあるマクドナリドが目に入り、腹が減ってくる。

どうしてマクドナリドのポテトは定期的に摂取したくなるのだろう。

幼少期から子供用のラッキーセットを食べていたから、もう味覚から洗脳されているとしか考えられない。

「そういえば、お昼ご飯食べてないね」

「あー、うん。腹減ったかも」

一旦縁司に視線を送ってみると、『どうぞ』とＬＩＮＥが届いた。

片手がスマホで塞がれていて短文しか送れないのか。いつもの縁司なら鬱陶しいテンションの長文メッセージを送ってくるから、これはありがたい。いつもカメラ構えてたらいいのに。

意見が一致して、俺たちはいつものオムライスのカフェで昼食を済ましてから猫カフェに向かうことにした。

「にゃ〜」

「にゃ〜」

四方八方から押し寄せてくる猫に揉《も》まれながら仰向《あおむ》けになる俺。それを微笑《ほほえ》みながら見守る天使のような心さん。癒《いや》される俺の表情を逃さずにカメラに収めながらゲスい笑みを浮かべる縁司。

猫カフェは、ずっと憧れていた。

こんな幸せ空間に居られるなら、いくらだって払う。そんなに金持ちでもないけど。

「みんな可愛いね」

我が子を見守るような視線を猫スタッフに向けている心さんを見て、また癒される。俺はなんて幸せ者なんだろう。にゃん。

猫カフェには一〇匹ほど猫スタッフがいて、普通のカフェだとほとんどないような内装になっていた。

土足厳禁であり、まるで自宅のような落ち着いた空間。ソファに俺たちは座り、猫スタッフたちを拝む。

どうやらこの店ではここでゴロゴロしたり遊んでいたり食ったり寝たりしている猫たちのことを猫スタッフと呼んでいるらしい。

スタッフと呼ばれているからには給料が出ているんだろうな。いいな、楽な仕事だ。俺も猫スタッフになりたい。

「見て見て、この子、翔くんに似てるよ」

なんて目付きの悪い猫だ。本当に猫スタッフかコイツ。でも、卑怯《ひきょう》だな。猫だというだけでもう可愛《かわい》いんだから。

「似てないよ。俺はもっときゅるきゅるした目の子に似てる」

「きゅるきゅる……？」

冗談のつもりだったけど、心さんちょっと引いてない？

「この子は縁司に似てるな」

まるで犬のように人懐っこい、正座している心さんの膝にずっと頭を擦《こす》りつけている猫スタッフ。

この子がどうにも縁司に見えて仕方ない。

「あ、どこか行っちゃった。私の膝飽きちゃったのかな」

ちょっと残念そうにしている心さんが、縁司に弄ばれて捨てられたように見えて、とりあえず隣でカメラを構える縁司の足を踏んでおいた。

『痛い』

その縁司猫スタッフが向かった先には、真っ黒の猫スタッフが居て、縁司猫スタッフはその真っ黒の猫スタッフにすりすり体を寄せている。

壁に貼られた猫スタッフの紹介ポスターを見ると、真っ黒の猫スタッフはどうやら楓《かえで》という名前らしい。

楓《ふう》と楓《かえで》、読み方は違うがあまりにも知っている組み合わせに見えてカメラに向かって鼻で笑ってやった。

「今日はこの辺りで終わりにしよっか。二人ともありがとう。良い素材になったよ」

猫カフェを出ると、縁司はカメラを止めた。今日は猫カフェに行ったカップル、という素材を撮ったらしい。

ここからどう記事にするのかは、縁司だけが知っていることだ。

一応俺と心さんに、完成した記事を見てもらって、許可を貰《もら》ってからの掲載になるみたいだ。まあその方がありがたい。

縁司のことだから、許可が要らないとなればあることもないことも関係なく面白可笑《おか》しく書くだろう。悪質な記者だぜ全く。

「それじゃあ、これからどうする？　二人がまだデート続けるなら僕は邪魔だろうし帰るけど」

思っていたより早い解散に、決めていなかった予定をどうしようかと心さんに目を向ける。

きっと心さんも「どうしましょう？」と聞いてくると思っていた。でも、心さんの視線はスマホに向かっていて。

「私は帰りますね。それじゃあ二人とも、また来週もよろしくお願いします。翔くんはまた食堂で！」

「あ、はい……」

心さんのことだから、きっとこの後も一緒にどこかに行こうって、そうなるとばかり思っていた。駅の方に歩いていく心さんの背中を縁司と見送りながら、俺は心ここに在らずな状態で。

「意外？」

「え？」

「初音さんなら、この後も翔ちゃんとデートを続ける、そう思ってたんでしょ」

また全部を見透かして、お前はそう言うんだ。

「だったらなんだよ。別に、なんか用事があったんだろ」

「そうかな？　僕はそう思わないけど」

「じゃあどう思うんだよ」

「女心と秋の空って慣用句、聞いたことあるでしょ？　それじゃない？」

「それって、女子の恋心は変わりやすいみたいな意味だろ。俺たちは別に恋人のフリをしているだけで……」

「もう気付かないフリ、やめなよ」

縁司は、ため息を一つ吐《つ》いて、呆《あき》れたように微笑んだ。

「本当はもうわかってるはずだよ。僕からこんなこと言うのは間違ってるけどさ。でも、翔ちゃんは今、変化を迫られているから。翔ちゃん自身も変わりたいって思ってるから。だから僕がお節介でこんなこと言っちゃったんだよ。……友達だからね」

気付かないフリをして、恋人のフリをする。

心さんは、きっと辛《つら》かったはずだ。俺が変化を恐れたことで、心さんを傷付けていた。

……わかっていた。

「じゃあね、僕は記事作るので忙しいから帰るよ」

「……」

俺はずっと気にしていた。相手からどう思われているかを。

光は、心さんは、俺のことをどう思っているだろうって。違うな、俺がわからないのは、光の気持ちだけだった。

心さんの気持ちには、少し前から気付いていた。

心さんは、俺のことが好きだって、確信に近かった。だから、もし光との縁が切れたとしたら、心さんが慰めてくれると考えて、要するに、自分の心の拠《よ》り所《どころ》として、心さんを利用していたんだ。

俺は、最低だ。

心さんは、多分気付いている。

心さんは賢い人だから、気付いていないわけがない。

俺が心さんの気持ちに気付いているということも、それでもその気持ちから知らないフリをして逃げていることも、

――俺の気持ちが、心さんではなく光にあるということも。

三話　失恋はその人を大きく成長させる。

光《ひかり》と最後に言葉を交わした日から、二週間が経《た》とうとしていた。

未《いま》だに、光からの連絡はない。

このまま、また昔のようにずるずる疎遠になってしまうんじゃないかと心配になってくる。

でも、もうそうはさせない。

今度は俺が、俺からきちんと光と話をするんだ。

頭ではわかっているが、光には連絡すると言われているし、結局何もできないのには変わりない。それに、光から連絡が来るまでに、俺にはやらなくてはいけないことがいくつもある。

まず一つ目に、自分の非を認めて素直に謝れるようになること。

これができないと光と復縁できたとしても、また同じことを繰り返すだけだ。

ただ謝るだけだし、簡単じゃないか。そう思っていても、一度ついてしまった癖というものはなかなか変わらない。具体的に何をしてその悪い癖を治すのか、それは全く見当つかないが……。

二つ目は、少しでも光に見合う男になるということ。

これも具体的に何をするのかなんてイマイチよくわからないが、復縁について色々調べていた時期にどこのサイトでもこういった内容が書かれていた。

別れた時と何も変わらない相手をもう一度好きになることなんてないだろう。

あの頃よりもかっこよくなった。別れるんじゃなかった。そう思わせられれば成功だ。

とりあえず本でも読んでみよう。

自分を磨くんだ。

そして三つ目。

これが一番大事なことだ。これが終わらない限り、光に俺から連絡はできない。もう中途半端はやめるんだから。俺は決意を固めて、心《しん》さんにＬＩＮＥを送る。

『明日デートの後、少し二人で話しませんか？』

その言葉を待っていたかのように、心さんはすぐに既読をつける。

『私からも、お話ししたいことがあります』

心さんも、このままで終わるつもりはないらしい。

正直、今会うのは気まずい。でも逃げるわけにもいかない。ここで向き合えるようにならなくちゃ、いつまでも変わらないから。

デート前日の今日は、大学から帰るとちょうど縁司《えんじ》がインターン先の会社から帰ってきたところだった。

いつもと違うスーツ姿をいじりつつ、なぜか流れるように俺の部屋に入ってきた縁司が冷蔵庫の中から勝手にカフェオレを取り出して飲み始める。

「なに勝手に飲んでんだよ」

「え、これ僕が買って入れておいたやつだよ」

「そうか、ならいいんだけど……、って何勝手に俺の家の冷蔵庫に入れてんだよ」

「まあまあ、友達だしね」

それ言えばなんでもいいと思うなよ。

「翔《しょう》ちゃん、お腹空《なかす》かない？」

「あー、そういや晩飯まだだな」

俺もさっき帰ってきたところで、何も食べていない。今日はどうしようか、またいつものようにカップ麺かな。

「ラーメン食べに行こうよ」

「悪くないな。でもカップ麺あるしなー」

「もうないよ」

「え、嘘《うそ》っ。この前二個あるの確認したけど」

「僕が食べちゃった。てへっ」

てへっ、じゃねぇよ。ぶっ飛ばすぞお前。

「お詫《わ》びにラーメン奢《おご》るよ、行こっ？」

「あー、めんどくせぇけど奢りなら行くか」

どちらにせよ何も食べるものがないから買い物には行かなければいけない。家を出るのに変わりないのなら、縁司の金でラーメン食った方が得だ。

カップラーメン二つ分くらいなら、外でラーメン食えば取り返せる。腹立つからトッピングでもしてやるか。

デートの時とは違って、適当に身支度をしてから家を出る。

縁司はスーツのまま、二人で並んで歩いた。……この言い方だとカップル感出るからキモイな。

家から歩いて一〇分ほどで着いたラーメン屋は、大学生が多く住む町ならではの学割があるお店で、ニンニクの強烈な匂いが店の外まで流れてきていた。

「相変わらずくっさいな」

「でも美味《おい》しいよね」

「それはそうだな」

店内は学校帰りの大学生で賑《にぎ》わっていて、空いているのはカウンターの二席だけだった。

俺と縁司はそこに並んで座り、注文を済ませるとものの五分ほどでラーメンが到着する。

早い、安い、美味《うま》い。金のない大学生のためにあるような店だ。

「翔ちゃん、明日のデートだけど」

「うん」

ラーメンを啜《すす》りながら明日のことについて話し始める縁司。

友達と二人でラーメン屋に来るなんて、光と出会う前の俺からしたら考えられない出来事だ。

あの時は今よりも不愛想で友達なんていなかったし、ラーメンは家族でも食べにいかないから、インスタントしか食べたことがなかった。

全部、光と出会えたからなんだよな。

「明日翔ちゃん名義でレンタカー予約してるから、ドライブデートね」

「またお前、勝手に決めて……。俺全然運転に慣れてないから予《あらかじ》め言ってもらわないと困るぞ」

つーかどうやって俺の名義で予約したんだよ。免許証とか勝手に出したのかよ。

「言ってたら何か変わるの？」

「覚悟を決める時間ができるだろうが」

「死ぬ覚悟？」

「アホか！　殺すな！　道路に出る覚悟だよバカ」

まったく、縁起でもないこというなよ。……え、なんかフラグになってないかこれ。めっちゃ気を付けよう。

「で、目的地は？」

「砥峰《とのみね》高原って知ってる？」

「知らん」

「そうだよね、インスタだと有名なんだけど……。翔爺《じい》ちゃんスマホの使い方知らないもんね」

「誰が爺ちゃんだよ。つーかスマホくらい使えるわ」

インスタはあんまり使いこなせていないことは黙っておこう。とは思っていてもどうせ縁司には全部バレているんだろうけど。

「これこれ。インスタの使い方知らない翔爺ちゃんの代わりに調べてあげたよ」

「お前本当一言余計だよな。さんきゅ」

砥峰高原。兵庫県北部にある広大な敷地の高原だ。

秋になると高原が一面ススキで写真映えすることから、インスタでは有名な場所らしいが……、

「今夏だけど、シーズンオフじゃないの」

「僕も楓《ふう》ちゃんと行ってきたんだけど、夏でも全然楽しめるよ。むしろ秋じゃないと人が集まらないから、遠慮なく撮影できるんだ」

「なるほどね」

シーズンオフとはいえ、広大な自然と真っ青な空は開放感が感じられて、これはこれで写真映えすること間違いない。

今回は俺と心さんのデートに密着という前提があって、街中より全然撮影しやすいというのも利点だ。

「それに、夜になると星空が綺麗《きれい》なんだ」

「へー。そりゃあデート向きだな」

人がいない開放的であり落ち着いた空間、建物も最低限しかない山奥、これ以上心さんと話をするのに適した場所があるだろうか。

もしかしたら縁司は、その全てに気が付いていて、それでも知らないフリをしつつこの場を提案してくれたのだろうか。

いや、さすがにないか。そんなに全部のことを知っているわけがない。それでも、感謝はしておこう。

デート当日。レンタカーに乗って心さんの家に向かう。

その途中はカメラを回さないらしい縁司がバッグナンバーメドレーを熱唱していて鬱陶しかった。……と言いたいところだが、ムカつくことに歌が上手《うま》いから普通に聞き入ってしまった。

「あれ、田中《たなか》じゃん」

心さんの家に着くと、なぜか田中もお洒落《しゃれ》して外で待っている。もしかして一緒に行く気か？

「邪魔にならないようにするので、一緒に行ってもいいですか？」

「俺は別に構わないけど、縁司、問題あるか？」

一応これは密着取材で、仕事なのだ。縁司に確認は必須だろう。

「カメラが回っている間は話さないのと、カメラに映りこまない、これを約束してくれるのなら全然構わないよ。むしろ僕の手伝いをしてくれるなら大歓迎ってくらい」

「それは任せてください」

「でもなんで？」

田中がついていきたい理由がイマイチわからない。俺と心さんの恋人ごっこを監視するため、という理由くらいしか。

「別に、健全な理由ですよ。インスタで有名な場所に行きたい、でも私も、私の友達も、車の免許がない。だから先輩に運転してもらって、お姉ちゃんもいるなら行くしかない。これが理由です。だから先輩の邪魔をしてやろうとか、そういうことではないので、安心してください」

そう言われると余計にそういう目的なのかと思っちゃうけどね。

「こらっ、天《そら》ったらそんな威圧的な態度取らないの」

「お姉ちゃんごめんなさい……」

「すみません二人とも……、どうしても行きたいと言うので」

「多い方が楽しいでしょ。な、縁司」

「うん、僕は裏方が増えて助かるし」

運転席に俺、助手席に心さんが座り、後部座席に縁司と田中。ドライブデートの撮影が始まる。

「じゃあ行くよ。シートベルトして」

「うんっ」

「ちょちょちょっ、ちょっと待って‼」

撮影が始まって二秒、田中からカットの指示が入る。

「なんだよ田中、喋《しゃべ》らない約束だろ」

「だって、なんで二人タメ口になってるんですか‼」

「そりゃあ、俺ら今は恋人だから……」

ポカーンと口が開いたと思えば、次は歯ぎしりをし始める田中。

恋人のフリだとは説明しているが、わかっていてもシスコンの田中には苦痛らしい。嫉妬で燃えている。車内の冷房を強めておいた。

「じゃあ田中ちゃん、撮影再開するから、もう中断させないでね」

「はい……」

また縁司がカメラを回し始めたのを確認して、エンジンをかける。カーナビの設定をして、約一時間半の旅路が確定した。

車内では特に指定はない日常会話という指示が出ていて、実際くだらない会話を繰り広げているわけだが……。

「車の運転、得意？」

「いやー、正直あんまりしないから結構不安だよ。昨日もマップで何回も道順の予習してきたし」

「そうなんだ……」

五秒ほどの沈黙。長い髪を耳にかけた心さんの横顔からは、緊張感を感じる。

「太陽眩《まぶ》しいね。サングラスとか付けないの？」

「持ってないんだよね、あればよかったな」

また数秒の沈黙。また横目で心さんを見てみると一瞬だけ目が合って。

「心さんは、砥峰高原行ったことある？」

「ううん、ないよ。翔くんは？」

「俺もない。楽しみだね」

「そうだねっ」

沈黙。

やっぱい、気まずい。

昨日のＬＩＮＥのせいだ。お互いきっとこのデートの後で何を話すか理解しているから、気まずい。心さんは俺ほどではないし、心さんの方から話をふってくれている。

多分心さんは、俺が気まずいと感じていることにも気付いているだろう。

だって、鈍感だって言われがちな俺でも心さんが気まずそうにしていることに気付いているんだから。

「なんか、緊張するね」

「あ、やっぱり？　なんか、俺も」

心さんから言ってくれて、いくらかマシになった。でも、緊張している理由を後ろの二人は知らない。

それっぽいことを言っておかないと。

「多分、車内って密室だし、距離近いからかな？」

「そうだね、なんだか照れちゃう。もう私たち、恋人なのにね？」

「う、うん……」

心さん、それはずるくないですか。タメ口と相まって、魅力が限界突破している。

俺が好きなのは光だけど、それでもやっぱり可愛《かわい》いものは可愛いのだ。男の本能には抗《あらが》えない。こういう時に『可愛い』が好きな母親の遺伝子を強く感じる。

後ろからカメラが拾うか微妙な荒い鼻息が聞こえてくる。その正体は見なくてもわかる、

田中だろう。でも俺は別にルールに従ってやってるだけだから悪くない、というのをしっかり理解してほしい。

後で殴られたりしたらたまったもんじゃない。

ある程度緊張も解《ほぐ》れてきて、とりあえず今日のデートで気まずくなる心配はなくなった。

それでもやはり、時間が近づくにつれ覚悟は決めなければならないと思った。


「うわー、自然だ！」

「ははは、見たまんまの感想」

砥峰高原は秋になるとススキで一面淡黄色になり、その景色を一目見ようと観光客が訪れる。

今はまだ八月だから一面緑色なわけだが、それでも都心では全く感じられないものがある。

夏を感じる風景と言えば海を想像しがちだが、この景色でも視界が夏に覆われていくのがわかる。

田舎の婆《ばあ》ちゃんちに来たような、来たことのない場所だったのにそんな懐かしさを感じた。

俺はそもそも婆ちゃんも一緒に住んでるから、そんな記憶はないのにな。

「翔くん、あっちでソフトクリーム売ってるよ」

「本当だ、食べるか」

「うんっ！」

普通ならそんなにしないであろうソフトクリームの値段。こういう場所では少し割高でも買ってしまう。

この自然の中で食べることで味に補正が入るのはもちろんだが、心さんがいつもとは違う無邪気さを見せてくることで食べないという選択肢をなくしてくる。

俺は、こんなに可愛くていい子を悲しませることになるんだな。

ソフトクリームを食べながら高原の中を歩いていく。人が通りやすいように木で足場が作られていて、その上を歩いていくと迷わずに高原を一周して帰ってこられるようになっている。

その足場が少し細めで、落ちないように歩く必要があった。

俺の後ろを歩く心さんに時々視線を向けると、毎度転びそうになっていて庇護《ひご》欲をそそられてしまう。

心さんを知る度に、どんどんこの後悲しませてしまうことに罪悪感が募っていく。でも、曖昧な態度で接することのほうがもっと傷付けてしまうことはわかっていたから。

きちんと終わりにしないといけない。

「あっ……！」

「危ない！」

後ろを歩く心さんがちゃんとついてきているのかと確認したとき、同じタイミングで心さんが木の足場から落ちそうになる。

偶然反応できたことはよかった。

ただ、これは今の俺たちにとって良くない。

「す、すみません……」

「……いえ、気を付けてください」

心さんの手を握り背中を支えているこの状況では、物理的距離が近すぎる。

心さんの表情から動揺が伝わってくるが、きっと俺も似たような表情をしているのだろう。

コーンの中で少し溶けているソフトクリームに視線を逃がして、夏の日差しじゃない理由で熱くなった体温に気付かれないように、心さんから離れた。

「敬語、出ちゃいましたね」

「あ、本当だ」

縁司の持つカメラが拾わないほどの小さな声量で俺にそう言った心さんの熱が、耳元に艶《なま》めかしい声で伝わった。

今日はいつもより、少し暑い。

「はーい、じゃあ二人ともお疲れ様！」

縁司がカメラを止めてからそう言うと、田中がまるで息を止めていたように大きく息を吐いた。

「飲み物買ってきます。先輩、荷物持ちお願いします」

「え、おう」

飲み物くらいで荷物持ちが必要なのかとは思ったが、口に出してもいないのに「四人分です」と言うので田中の背中を追う。

心さんと縁司から数メートル離れたタイミングで田中は一度二人の方を振り向いて、俺を見る。

「先輩って、いつまで今のままでいるつもりですか？」

「……どういう意味だよ」

わかってはいたが、田中が言っている意味と一致しているのか確信を得るために聞き返す。

田中はずっと俺と心さんを見ていたんだから、もう気付いていてもおかしくない。光のことだって知っていて、会ってもいるわけだ。今俺が置かれている状況に気付かないほど鈍感な子でもない。

「お姉ちゃんのこと、どうするつもりですか。というか、いつふるんですか」

「ふるって、田中お前……」

「あれだけ一緒にいればわかります。お姉ちゃんだって気付いてますよ。先輩だってそのことに気付いてるでしょ。それでもお姉ちゃんと恋人のフリなんて、悪趣味です。お姉ちゃんを傷付けるなら、私は先輩を許しません」

俺がしていることが最低だと理解はしている。

いくら今日がその日だとしても、周囲から見ればそんなことはわからないし、こいつはまだ行動しないのかって思われても仕方ない。でも、俺だって考えているし、心さんを傷付けないように振舞おうとしていた。

「俺だって、心さんのことを考えて……！」

「だから、それができてないんですよ！」

「俺の考えてること全部わかんのかよ、わかるわけねぇだろ、俺だっていっぱい悩んで、できるだけ傷付けないようにって……！」

「──それは先輩が傷つかないためでしょう？」

「……！」

俺が、傷つかないため？

「先輩はお姉ちゃんを傷付けて責められるのが恐《こわ》いだけですよ。自分が一番大事なのはわかります。でも、少しでもお姉ちゃんのことを考えてくれるのなら、お姉ちゃんが先輩のことを諦められるように、きちんとふってください。私は、それが本当の優しさだと思います。このままだとお姉ちゃんは、ずっと前に進めない。ずっと先輩っていう摑《つか》めない影を追いながら生きていくことになる。素敵な人が現れても、先輩の影を追い続けてしまってその人のことが見えない。お姉ちゃんがどれだけ先輩を好きだと思ってるんですか⁉」

田中の言う通りだ。

俺は、自分が悪者になるのを避けようと無意識に動いていた。

心さんを泣かせたくないのではなく、心さんを泣かせたことで誰かに責められることが恐かったんだ。

「今日先輩はずっと、心ここに在らずって顔してます。そんな顔でお姉ちゃんと関わらないでください。お姉ちゃんのことを見て、お姉ちゃんにきちんと本当の想《おも》いを伝えてあげてください。勝手に好きになられて、そのせいでこうして関係ない私に怒られて、ふざけんなって思うかもしれませんけど、どうか……、お願いします」

深く頭を下げた田中から感じる心さんへの愛。俺にだって、それに似たような感情が心さんにある。

でもこれは、恋心ではない。

ただ、大切な友人には幸せになってほしいと思う心だ。

「田中、ありがとう。戻ったら、心さんと二人きりになれるように縁司と先に車戻っててくれないか」

「……わかりました」

自動販売機で買った飲み物を二本持って、心さんと縁司のところに歩いていく。ようやく頭をあげたのか、最後に田中はこう言った。

「先輩、お姉ちゃんと出会ってくれて、ありがとうございます」

「こちらこそだよ」

砥峰高原には一五時頃に到着して、散策やら色々やっていたらあっという間に日は沈み、辺りは一気に暗くなった。

都心と違って照明が極端に少なく、今この高原にある光源は……ダジャレのつもりはないけど、売店のある施設の照明と、都心では見られないこの星空だけだ。

「綺麗《きれい》ですね」

「はい」

施設から少し離れた場所にある木の椅子に並んで座った俺と心さんは、帰る前にその星空を目に焼き付けていた。

空を無邪気な笑顔で見上げている心さんを見て、心が痛くなる。

お互いの顔もよく見えないこの状況なら言いたいことも上手《うま》く言えるだろうか。俺の本心を全て伝えられるだろうか。

心さんはさっき買ったペットボトルのお茶を飲む。

飲み物が喉を通る音と、スズムシのリリリリという鳴き声だけが聞こえてくる、それくらいには静かな状況だが不思議なことに、あまり緊張はしていなかった。

もう後戻りもできないし、この先にする話をお互いに察しているだろうし、俺も伝えるつもりでここにいるから。

これから俺は心さんに嫌われることもあるかもしれない。

嫌われないとしても、ふられた相手と一緒にいるのは辛《つら》いだろうから、今まで通り一緒にいるということはなくなるのは明確だ。

一緒に食堂で昼食をとることも、休日に出かけることも、家で手料理を振舞ってもらうことも、全部なくなるかもしれない。

それでも、このままでいいわけがないから言わなきゃいけない。心さんがこの先ずっと辛い思いをするのは、もっと嫌だから。

「心さん」

「……はい」

名前を呼ぶだけで察した心さんは、空を見上げるのをやめる。その時がきたんだと、空気が変わったのが理解できた。

そう考えると自然と今まで心さんと過ごした記憶が甦《よみがえ》ってくる。

出会ったのは入試の日だった。

あの時はまだ心さんだとわかっていなくて、心さんとして認識した上で初めて会話をしたのはマッチングした時だったな。会話と言ってもいいのかと不安にもなるけれど、あれが始まりだったのは間違いない。

あれから心さんの人見知り克服を手伝うようになって、いつの間にか大切な友達になっていた。

一緒にオムライスを食べて、一緒にスケートに行って、一緒に花見をした。

色んなところに行って、色んな時間を過ごした。それがもう、なくなるかもしれないんだな……。

ふっておいて友達でいたいなんて、俺からは言えないし、言うつもりもない。

心さんのためを思うなら俺自身が嫌われることを受け入れる勇気を持たなければならない。

田中が気付かせてくれたから、もう自分の気持ちを偽ってはいけないし、心さんに淡い期待を持たせてしまわないようにしないといけない。

だからきちんと、ここで終わりにしないといけなくて――。

「――どうして翔くんが泣くんですか？」

「え……」

気付かないうちに流れていた涙を見て、心さんが困ったように笑う。そう言って、俺の頬《ほお》を伝う涙を親指で拭った心さんの目尻にも。

「もうっ、泣きたいのは私ですよ？」

「ごめんなさい……」

男らしく、きっぱりと言うつもりだったのに。

気付いてしまったら、栓が抜けたように涙が溢《あふ》れ始める。

なんて情けないんだ。なんで俺が泣いてるんだよ。言った通り、泣きたいのは心さんだろう。

それでもやっぱり涙が止まらないのは、それだけ心さんと居る時間が幸せだったからなんだ。

心さんのことが、人として、友達として、大好きなんだ。

「まだなにも話してないのに翔くんが泣いちゃうから、言いそびれましたよ」

心さんは、やはり全て察している。

それでもこの場に来てくれて、俺の心に寄り添ってくれる。こんなに素敵な人なのに、こんなに優しい人なのに。

「もう言っちゃいますね。——私、翔くんが好きです」

「……はい」

「ずっと好きでした。初めて出会った入試の時から、多分好きになっちゃってました。今までそんなに惚《ほ》れっぽいこともなかったんですけど、なんか変ですよね」

自嘲するように笑いながら話す心さんの目尻にはもう、涙はない。

告白という人生において上位に入るであろう緊張することをしているにも拘《かかわ》らず、いつもの心さんを感じさせないくらい冷静に、噛《か》みもせず堂々と話せている。もう前のように、コミュニケーションがまともにとれない心さんではないのだ。

「一見口調や目付きから怖い人と誤解されがちかと思いますけど、本当は知らない人にも優しくできる人で、見ず知らずの私を助けてくれる人で、出会ったばかりの私のために、人見知りを克服するために協力してくれる人で、私のためにしてくれたこと以外も、全部翔くんを好きになる理由になりました。一ノ瀬《いちのせ》くんのことも、天のことも、光ちゃんのことも。誰かのために、損得ではない感情で頑張れる、必死になれる。そんな翔くんを尊敬していて、そんなところが大好きでした」

涙を見られるのがみっともないから俯《うつむ》く俺には、今心さんがどんな顔をしているのかわからない。

それでも、堂々とした語調からは心さんの心の強さが伝わってくる。それと同時に伝わってくる、隠しきれていない震えた声。

本当は、泣いてしまいそうなのを堪《こら》えている、鈍感な俺でもそうわかってしまう。俺を困らせないように、気を遣ってくれている。

自分が辛くて余裕のない今、それができる心さんを心の底から尊敬する。弱い俺にはできないから。

心さんと初めて会った時、か弱くて護《まも》ってあげないといけない子、という印象だった。でも、本当は誰よりも強くて優しい子だった。

弱いのは、今も泣いている俺の方だ。

「光ちゃんや一ノ瀬くんに強めの言葉をかけた後、言い過ぎたかもって、気にしているところとか、可愛《かわい》いなって」

可笑《おか》しそうに笑う。確かに言いすぎたかなって気にしてることはよくある。よく見てるな、なんか恥ずかしい。

「無意識にだと思いますけど、重いドアを開けてくれたり、エスカレーターで下に行ってくれたり、そういうお姫様扱いしてくれるところも」

たしかに、俺はそんな高度なテクニックを意識してできるタイプじゃない。でも、心さんには重そうだからとか、心さん意外とおっちょこちょいだから落ちそうだなって、違う観点からそういうお姫様扱いができていたかもしれない。

「こんなに面倒な私にも、めげずに関わってくれて、面倒くさいって思ってないだろうなって、私に伝わるくらい楽しそうにしてくれるところも」

それは、心さんと居る時間が本当に好きだったからだ。そこに理由なんて、それだけしかない。

「全部、翔くんの全部が好きです。だから、付き合ってほしいです。恋人のフリじゃなくて、本物の恋人になってほしいって、そう思ってます」

心さんは俺の出す答えをもうわかってる。でも、きちんとふられようとしている。付き合ってほしかった、ではなく、付き合ってほしいと、ふられることを覚悟して、きちんと終わろうとしている。

もう諦めたからと、その気持ちを伝えずに終われればきっと後で後悔するから。

あの時告白しておけば、もしかすれば付き合えていたかもしれない。もしかすれば両想いだったかもしれない。

そうやって微《かす》かな希望的観測に縋《すが》ってしまうかもしれない。それは俺が一番よく知っていて、心さんも俺を見ていればわかるだろう。

だから、こうして玉砕覚悟の想いを伝えているんだ。

「返事を、聞かせてもらえますか」

「……」

声が震えないように、情けない涙を拭って一度呼吸を整える。それでもやはり震える声で、終わりを告げる。

「ごめんなさい、俺、好きな人がいます」

その言葉を告げても、心さんは泣かない。

ただ苦しそうに微笑《ほほえ》んで、「ありがとうございます」と返した。

「感謝したいのは俺の方です。心さんと居る時間はいつも楽しくて、心さんが居たから、今の俺になれた。心さんだけじゃない。縁司も、田中も、楓さんも、もちろん光だって。みんなと出会えて、俺は変われたから……！」

「それは光栄です。人生で初めて好きになった人を変えた女性になれたことが、この先もずっと私の誇りになります」

薄い胸を張りながら、強がった態度を見せる。

強がらなくてもいいのに、俺に弱い部分は見せないようにしてくれる。俺が苦しまないようにしてくれる。

俺を気遣えるほど、余裕があるわけでもないだろうに。

「私、ふられちゃいましたけど翔くんと出会えて幸せです。翔くんに出会えたおかげで変われたのは、私も一緒ですから」

「感謝なんてされることは……」

「翔くんのおかげで、人とまともにコミュニケーションをとれるようになりました。翔くんのおかげで、憧れていた経験を沢山できました。　翔くんのおかげで、初めて好きな人ができました。翔くんのおかげで、夢を追うことが恥ずかしくないことだって知りました」

「夢……？」

「はい」

心さんは星空を見上げて、今度は前向きな感情を感じられる微笑みで、声で、それを宣言する。

「私、少女漫画家になります」

それだけは、震えのない声で堂々と言う。

なりたい、ではなく、なります、と。

そこに込められた覚悟の強さを感じる。本当に、強い人だ。

縁司も、心さんも、目標があることが羨ましいのと同時に、尊敬してしまう。

俺には、何もないから。

「ずっと憧れていた、でも私なんかって諦めてました。だけど、翔くんのおかげで変われた今の私なら、自信を持ってやりたいことをやりたいって言えます。だから、ありがとうございます」

叶《かな》えられる、叶えられない、そんなことどうだっていい。夢や目標があるというのは、それだけで素晴らしいことだと思うから。

「無責任なことは言えないけど、きっと心さんならなれるって思います。素人の意見ですけどね」

素人からなれると言われてもなんの根拠もないだろうけど、心さんのように目標に向かって真《ま》っ直《す》ぐ頑張れる人なら、きっと夢を叶えられる気がしたから。

何も目標がない、漫画に関して何の知識もない俺がそう言ったことを、客観的に見てみると自分が偉そうに感じてしまい、照れ隠しに苦笑いが自然と出てきた。

「そこで、ふられたばかりの私から、お願いがあります」

「それを言われると、断りづらいんですけど……」

「だから今しかないと思って。ふふっ」

子供のような笑みを浮かべた心さん。こんな顔もするんだな。ズルい人だ。

「もちろん、光ちゃんにも許可を得てからにはなりますけど……」

そんな前提から入った心さんからの提案を、俺は受けることにした。

四話　言葉に出さないと伝わらない気持ちもある。

初めてできた好きな人は、同じ大学の男の子だった。

その人は一見恐《こわ》そうに見えて、本当はとっても優しい人。

私はその人と知り合って、一緒にいる時間が増えるごとに好きが増していった。

藤《ふじ》ケ《が》谷《や》翔《しょう》くん。

けれど残念なことに、翔くんには、——好きな人がいる。

その事に気付いたのは、スケートデートをした日だった。

好きな人がいるとわかっていても私は翔くんを諦めきれなくて、振り向かせようって色々試してみた。

女の子として、異性として、恋愛対象として、意識してほしかった。

私らしくないし、恥ずかしかったけれど、あざといことも言ってみたし、行動にも起こしてみた。

翔くんは照れてくれても、その気持ちが私に向くことは決してなかった。接していればそれくらいすぐにわかった。

翔くんはどうしようもなく、元恋人さんのことが好きなんだろうなって。

翔くんをそこまで夢中にさせる元恋人さんに興味が出て、会ってみたいと思うようになった。

まだ完全に諦めきれたわけじゃない。

もしも私に勝ち目があるのなら、その元恋人さんに負けないようにもっと可愛《かわい》くなる努力を重ねて、絶対に翔くんの気持ちを私に向けてやろうって。

翔くんにお願いして、お花見に誘ってもらった。

そこに来た元恋人さんの光《ひかり》ちゃん。ああ、こんなに可愛い子には勝てないな。一度はここで心が折れてしまった。

それでも、挑戦せずに諦めることはしたくなかったから。

玉砕覚悟で、いつかはこの想《おも》いをぶつけようって、あわよくば翔くんの方から言ってくれるように、私なりにアピールも沢山してみた。

それでもやっぱり、翔くんの気持ちは変わらなかった。

そんな一途なところも好きだったけれど、悔しくて、悲しくて、苦しかった。

でも、辛《つら》いことばかりでもなかった。

翔くんと出会ったことで、光ちゃんと友達になれた。人見知りすることが減った。光ちゃん以外にも友達ができた。——夢を追う勇気をもらえた。

——私なんかには、無理ですよ。

ずっと口にするのもおこがましくて避けてきた将来の夢。

翔くんが、光ちゃんが、私の絵を褒めてくれて、なれるって、できるって、背中を押してくれて。

ただ背中を押されただけなら臆病な私はまだ踏み出せていなかったと思う。

翔くんと出会って変われた今の私だから、一歩踏み出す勇気を持てたんだ。全部、翔くんのおかげだった。

光ちゃんには翔くんに想いを告げると言ったが、まだそのつもりはなかった。仮に告白を受け入れてもらえたとしても、それは翔くんが光ちゃんへ向ける『好き』を超えたというわけではないだろうから。

そもそも、翔くんが私に向ける『好き』は、光ちゃんのとは全く別のものだと気付いていたけれど。

光ちゃんと翔くんが何を話したのかわからなくて、もしも私の知らないところで光ちゃんから翔くんをふっていたとしたら、翔くんは傷心中が故に私の告白を受け入れることがあるかもしれない。

でもきっと光ちゃんは翔くんが好きだから、ふったとしてもそれは私に遠慮してふったに違いないだろうから。

本当は両想いの二人。

私という存在のせいで二人が本当の気持ちを出せずに選択を間違えてしまったとしたら……。

だから、傷心中かもしれない今の翔くんと付き合えたとしても、それは偽りだ。偽りじゃなかったとしても、この先私は『本当は光ちゃんが一番好きなんだろうな』と思いながら翔くんと付き合っていくことになる。そんなの嫌だ、耐えられない。

私は、沢山悩んで、色んな女の子がいる中で一番だと思われたい。

私の目標は翔くんと付き合うことじゃなくて、翔くんの『一番大切な人』になることだから。

「連絡した通り、翔ちゃんと恋人のフリをしてほしいんだ」

一ノ瀬《いちのせ》くんからの提案を聞いて、やってもいいものかと悩んだ。

もちろん翔くんと恋人になるなんて嬉《うれ》しくてたまらなかったけれど、光ちゃんに黙って受けるのは気が引けた。

光ちゃんが知らないところで私がそんなことをしていたと知れば、きっと光ちゃんはもっと身を引いてしまうだろうから。

私はただ、正々堂々と翔くんを巡って光ちゃんと勝負して、その上で勝ったり負けたりしたかった。

光ちゃんが身を引いている今行動を起こすのは、なんだかズルい気がするし、そんな状態で翔くんの気持ちを手に入れてもやっぱり後で不安になるだろうから。

それに、翔くんの気持ちが光ちゃんにあるとわかっていて恋人のフリをするのは、辛いだろうなと思って。

だから私は、光ちゃんに会いに行くことにした。

「あら、心《しん》ちゃん」

玄関先で光ちゃんのお母さんが迎え入れてくれて家にお邪魔すると、ちょうどお手洗いから出てきた光ちゃんと遭遇する。

「心ちゃん……」

光ちゃんの表情はいつもと比べると暗くて、少し痩せたように見えた。こんな姿を見たら、鈍感な翔くんでもきっと異変に気付くほどに。

光ちゃんは暗い表情のままではあるが、私を部屋に入れてくれた。

閉め切ったままのカーテン、それにリンクするように光ちゃんの表情は暗く、私を歓迎している、というものではない。

「連絡したんだけど……、見てないかな？」

テーブルにおいてあるスマホを見て、おそらく見ていないであろうが確認をしてみると、黙ったまま首を横に振った。

私が一ノ瀬くんから頼まれたインターンの手伝いについて説明すると、光ちゃんは表情を変えずにそれを黙って聞いて、

「私に気を遣わなくていいよ」

違うよ。気を遣っているわけじゃない。

この企画を通して、私は最後に翔くんとの思い出を作りたかった。足掻《あが》いていたかった。

もうふられることは決まったようなものだけど、それでもただふられるだけじゃ納得できない。

どうせ無理だって、行動することをやめれば私は後できっと後悔することになる。未来の私は、きっとそんな自分が許せない。

どうしてあの時行動しなかったのか、自分で自分を恨み続けることになるだろうから。

だから、翔くんに提案された時、覚悟を決めた。

この最後のチャンス。これを全力でやりきろう。

自分が未練を持たないために、最後に翔くんを振り向かせるチャンスを無駄にしないために、自分を好きでいるために、やりきって、それでもダメだった時にそれを受け入れる心の準備をしておこう。でも、ふられることを前提にするのは違う。

私はこのチャンスで、必ず翔くんを振り向かせてみせる。でもそれは、光ちゃんの邪魔をするということじゃない。

光ちゃんがいない状態で翔くんの気持ちを得ても、私は納得できない。

正々堂々と勝負して、必ず勝ってみせる。こんなに強い気持ちを持てるようになった翔くんや光ちゃんに、後ろめたい気持ちを懐《いだ》きたくない。

大好きだから、正面から向き合いたい。

「私は、私のためにこのことを光ちゃんに伝えにきたの。今のまま翔くんと付き合えたって、私は全然嬉しくない。光ちゃんのことも大切だから、抜け駆けみたいなことはしたくないんだ」

あの日、泣きながら二人で話し合った時から、光ちゃんの考えは変わらないのかな。そんなつもりはなかったけれど、段々光ちゃんに怒りの感情が湧いてくる。

私がこんな感情になるなんて思ってもいなかった。こういう感情から喧嘩《けんか》になるんだろうか。経験したことがないからわからないな。

「なんで本音で話してくれないの？　本当は翔くんのこと好きなんでしょ？」

「……」

ダメだ、私まで冷静さを失いかけている。落ち着くんだ。

正直、口では好きじゃないと言っていても、光ちゃんが翔くんのことを好きってことはわかっている。

そして、私に勝ち目がないこともわかっている。そうわかっていても、想いを伝えないまま終わるのは嫌だった。

こんなこと、私の口から言うのは間違いだってわかっているけれど、このままじゃ誰も望まない結果になるかもしれないから。

「翔くんと光ちゃんは、両想いだよ」

「……」

光ちゃんは驚く様子もなく、黙ったままで。

そんな光ちゃんに、腹が立った。

「バカにしないでよ……！」

「……!?　心ちゃん……!?」

「両想いだって気付いてるのに、私に譲るよって、そんなの私は嬉しくない……！　譲ってあげて私優しいでしょって、そう思ってるの……!?」

半分は本気だけれど、演技っぽくなっていないか心配になってしまうくらいに、怒り慣れていない。

怒鳴ったことなんて一度もないから、イマイチ迫力は出せない。

それでも、普段の私とは全然違うから光ちゃんも異変は感じてくれたようで、翔くんとマッチングして話しかけられた時の私ぐらいあたふたしている。

「勝ち誇った顔して負けたフリなんかして、私が喜ぶと思ったの……!? ふざけないでよ……!」

「私はそんなっ……」

「違わないよ……! 私は遠慮して譲ってもらった翔くんと付き合って、それで満足すると思ってるんでしょ……!? 私はそんなの全然嬉しくない……! 私と翔くんを奪い合って、勝つと思ってるから遠慮してるんでしょ……!? 負けると思ってたら遠慮しなくてもいいもんね？」

腹が立ったのは事実だけど、怒鳴ることではない。でも、こうでもしないと光ちゃんは踏み出せないだろうから。

「バカになんて……」

「してるよ。私を見下してるよ。光ちゃんの行動は、そうとしか思えないよ。私は光ちゃんと平等だって、友達だって思ってるのに……！」

光ちゃんを困らせている自覚はある。

困った表情を見るのは胸が痛む。でも、せっかくできた大切な友達だから、光ちゃんにも平等に思ってほしかった。

「私のためだって思うなら、ちゃんと戦ってほしいよ」

「……」

「もう一度よく考えてみて？　私と翔くんが付き合ってる未来。自ら身を引いた光ちゃんはそれを遠くから見て、耐えられるの？　それはきっと辛《つら》いことだよ？　私なら、想《おも》いを告げたうえで見守る方がいい。だからお願い、私を惨めな恋人にしないで」

光ちゃんの本心を引き出すことをしてしまえば、きっと私に勝ち目はなくなる。それでも、こうしたい。

翔くんと同じくらい光ちゃんのことが大切で、これからも一緒に居たいと思っているから。

「翔くんと手を繋《つな》いで、誕生日もクリスマスもお正月も一緒に居るのは私。一緒に歳《とし》をとって、結婚して、子供だってできるかもしれない」

そんな未来を想像して、そうなったらどれだけ幸せなことだろうと妄想が膨らんで。でもきっとそうはならない。

翔くんの心はもう、光ちゃんにしか向いていないから。

見ないフリをしてきたその事実を思い出して、涙が溢《あふ》れてくる。

「休みの日はきっとお昼まで寝てる翔くんを起こして、お昼ご飯だよって、翔くんの洗濯物を干しながら言うのも、今年も家族みんなが健康でいられますようにって初詣でお願いするのも、子供にサンタさんは良《い》い子のところにしか来ないんだよって教えるのも、誕生日にお祝いするのも、全部私がしてもいいの……⁉」

涙を流しながら、こんな未来になればいいなって、自分の妄想を垂れ流すのは恥ずかしかった。

それでも、やらなきゃだめなことだから。

「――そんなの……、嫌だよ……！」

震える声で言った光ちゃんは顔を上げて、涙を、ためていた本音を流す。

「全部私がいい……！　他の誰かと一緒にいる翔なんて、見たくない……！　取られたくない……！」

やっと、言ってくれた。言わせてしまった。

「じゃあ、今のままじゃダメでしょ？」

両手で涙を拭いながら頷《うなず》く光ちゃんを見て、私は自分の首を絞めてしまったことにほんの少しだけ、後悔した。

これでもう、私が選ばれる可能性は限りなくゼロになってしまった。あーあ、もったいないことしちゃったな。

「心ちゃん、ごめんね。私、心ちゃんを傷付けてた」

「もういいの。本音を言ってくれてありがとう」

光ちゃんの本当の気持ちを引き出した。これで私のやるべきことは一つ、終わった。でも、まだやらなくちゃいけないことがある。

「これでもう、私も踏みとどまらないよ」

「うん……。でも、私だって遠慮なんてもうしないから」

「もちろんだよ。どっちが選ばれたって、文句なしだからね？」

ちゃんと、想いを告げる。それで、終わりにしよう。そうしなければ、私はいつまでも前に進めないから。

「心ちゃんに、一つお願いがあるの」

「お願い……？」

光ちゃんからのお願いを受け入れてから、私は保留にしていた一ノ瀬くんからのお願いに応える連絡した。

光ちゃんと話し合ったおかげか、翔くんと恋人のフリをするのはそれほど辛いと思わなかった。

それよりも、もうすぐこうして翔くんに恋をしている時間が終わってしまうことが辛かった。

夜の砥峰《とのみね》高原。星空の下でその時がきてしまう。

私の初恋は、こんなにロマンティックな場所で終わるのか。だったら、それも悪くないかな。

そう思えるくらいには、私は前向きにその時を迎えられた。

「ごめんなさい、俺、好きな人がいます」

前向きだと思っていたのに、いざその言葉を聞くと涙が出そうだった。でも、泣くわけにはいかない。

泣いてしまったら、翔くんを困らせてしまう。

それに、最後まで素敵な女性だったと思ってもらいたいから。

強がって、苦しさに知らないフリをして微笑《ほほえ》んで見せた。

「ありがとうございます」

車に戻ろうとした翔くんに、最後に一つだけお願いをして、私は「もう少し星空を見ていたいので」と嘘《うそ》を吐《つ》いてその場に残った。

実際には翔くんが居なくなった途端溢れてきた涙で星なんて見えなかった。強い女性だと思われたくて、ずっと涙を堪《こら》えていた。脈が速くなっているのを悟られないように必死だった。

「よく頑張ったね」

ひとしきり泣いた後、天《そら》と一ノ瀬くんがやってきた。もう涸《か》れるほど泣いたからこれ以上泣いてしまうことはないけれど、顔に残っているだろう泣いた跡がバレないように、顔を正面に向けることはしなかった。

「翔ちゃんと車で待ってるから、時間が経《た》ったら戻っておいで」

「……ありがとうございます」

一ノ瀬くんに甘えて、少しここで過ごさせてもらおう。

もう少しだけ、気持ちを切り替える時間が欲しいから。

いくら覚悟を決めていたとしても、やはり辛いものは辛い。でも、これで私は私を好きでいられるだろう。

あの時何も行動しなかった自分ではなく、行動したけどダメだった方が、諦めもつくし、行動する勇気があるということが実体験になることで自信に繋がるから。

冷静になれ。私の行動は正解で、先のことを考えてもこれでよかったんだ。私は賢くて勇気のある行動と選択をできたんだ。

「お姉ちゃん」

隣に座った天が、私の頭を自分の肩に寄せて。

「今日だけは、私がお姉ちゃんだから。いっぱい甘えていいからね」

「うん、ありがとう」

失恋は人を成長させると聞いたことがあるけれど、本当だと思う。

翔くんにふられてしまって悲しかったけれど、それ以上に翔くんが本当の気持ちを自覚できたことが嬉《うれ》しいと思えた。

好きな人が幸せになることを願える自分になれた。

想いをきちんと伝えたから、後悔はない。

伝えないまま終わっていたなら、きっと何年経ってもこの恋を思い出して泣いてしまったろうから。

それだけ、私にとって特別な恋だった。

初恋だけど、はっきりそう言える。

私はきっと、この恋をずっと忘れないだろう。

初恋の相手が翔くんで、本当に良かった。

今私は、ふられたばかりとは思えないくらいに幸せだから。

五話　将来のことなんてなるようになる。

大学三年にもなれば就職活動を始めなければならない。

中学までは住んでる場所から近い学校に行けばいいし、高校だって近いところを選べばいい。私立じゃなければ極端に学費が高いなんてこともないから、親への負担だって減らせる。

でも高校を卒業するころには、将来自分が何をしたいのか、どんな道に進むのかを問われ始める。

なんとなく家から近い大学の経営学部を選んだ俺は、この先自分がやりたいことがわからなかった。

普通に楽しめる仕事ならなんでもいい。辛くなければなんでもいい。だったら、『好き』を仕事にすればいい。そう考えてみるが、俺は何が好きなんだろうという疑問が出てきただけだった。

趣味を仕事にするのがいいのかもしれないとも思ったが、趣味を仕事にすると休日の趣味まで仕事のことを考えることになると感じてしまって、楽しめなくなる可能性もあるし……。そもそも、俺って趣味ないしな。

「はぁ……」

縁司《えんじ》はインターン先でもあるコネクトの会社で、人と人の縁を繋《つな》ぐ仕事がしたいと言っていた。

心《しん》さんには少女漫画家になりたいという大きな夢があり、それを叶《かな》えるために進み始めた。

そんな二人を見ていると、自分はこのままでいいのだろうかと不安になってきて、最近はずっと自分のやりたいことを探している。

光《ひかり》からの連絡が本当に来るとは限らないから、俺は行動を起こさないといけない。

やるべきことはやってきたが、あとは俺の人間的な成長だ。

俺は光と別れて、心さんと出会い、縁司と友達になり、これまで成長してきたと自負している。

それでも、まだ足りない。

成長するのに一番大切なのは目標を立てることだと、俺は思う。

光に俺から連絡する前に立てた目標は、心さんに俺の気持ちを伝えることと、光と復縁できたときに以前と変わらない俺ではなく、成長した俺であること。

その成長に必要なのが、やりたいことを見つけることなんじゃないか、縁司と心さんを見ていてそう思った。

あの二人は目標を見つけてから、その目標に向かって真《ま》っ直《す》ぐ進んでいる。俺も、そうありたいと感じた。

でも、数日悩んでも結論は出なくて、今もこうして一人でオムライスを前にため息を吐いている状態である。

心さんに気持ちを伝えて、週明けの月曜日。

縁司はインターンで来ないはずだが、いつも通りなら心さんがそろそろ来てもおかしくない時間だ。

時計を確認してそう思った俺は、辺りを見回してみる。

あんなことがあった後だから、もう食堂には来ないかもしれない。そう思っていたが、ちょうど振り返った時にカツカレーを持った心さんと目が合う。

「こんにちは、翔《しょう》くん」

「こんにちは、心さん」

心さんはいつもと変わらない挨拶と一緒に微笑みをくれる。いつもと違う点は、その微笑みだ。

いつもなら緊張感のある面持ちで近づいてくるが、今日の心さんからは心の余裕のようなものが感じられる。

あの件があって、一皮むけたというか、恥ずかしがり屋というのが信じられないほどに堂々とした態度で俺の正面に座った。

「漫画はあれから描きましたか？」

「はい、これからは毎日描く習慣を付けようと思って」

「偉いな……」

「いえ、私がやりたくてやっていることなので」

失恋直後とは思えないその余裕な態度に、心さんの強さを感じる。

「プロになるには、どうすればいいんですか？」

「出版社が開催している新人賞に原稿を送るんですけど、今はその原稿を作り始めてます。おかげ様でお話はもうできているので、それを上手《うま》く魅せられるように案を練って、絵にしていければ。待っていてくださいね、必ずデビューしてみせます」

「ははっ、楽しみにしてます。俺、心さんが羨ましいです」

「……？　どうしてですか？」

「俺には、やりたいことがないんですよ。どんな仕事がしたいのか、趣味を仕事にってのもいいなって思うんですけど、そもそも趣味が寝ることくらいで……。本当につまんない奴《やつ》で……、ははっ」

こんなにつまらない奴に一時は恋心を持っていたのかと、心さんを失望させてしまうだろうか。

光だって、こんな俺では選んでくれないかもしれない。

「翔くんは休日に何をすることが多いんですか？　寝ること以外で」

「寝ることを封じられると何も……いや、さすがに探せばあるはず……。あっ、でも最近だと誰かと出かけることが増えましたね」

「そうですね。私や光ちゃんとデートしていたり、一ノ瀬《いちのせ》くんと遊ぶときだってありますもんね」

「縁司と遊ぶってなっても大体俺の家でだらだらしてるだけですけどね」

「ふふっ、想像できます。……そういった休日の過ごし方の中に、翔くんがやりたいことが隠れているんじゃありませんか？」

「休日の中に……」

考えてみるが、縁司と過ごす休日は本当に何もしていない。ただダラダラ話しながら課題を進めていることが多い。

光や心さんと過ごす休日はどうだろう。

大体流れは決まっている。まずはお昼ご飯をいつものカフェで済まして、その日の目的地に向かう。

目的地は毎回違っていて、今まで色んな場所に行った。

いつものカフェじゃない時だってあった。

毎回行く場所も違ったし、その時相手に持っている感情も違った。このどこかに俺がやりたいことのヒントはあるのだろうか。

「趣味とまでいかなくても、興味のあることならどうでしょう？」

「興味か……。うーん、ダメだ、何も思いつかない」

「ふふっ、焦ることもないいんじゃないですか？　やりたいことなんて、この先いくらでも出てきますよ、きっと」

「そうだといいですけど……」

心さんは本当に余裕があるな。人生二周目なのかと疑ってしまうくらいだ。

でもたしかに、焦って見つけたやりたいことは果たして本当にやりたいことなのかがわからない。

考えれば考えるほどにやりたいことがわからなくなってくるし、今はそう焦る必要もないのかもしれない。

「一ノ瀬くんにも話を聞いてみるというのはどうでしょう？」

「そうですね。最近忙しそうですけど、今度会った時にでも聞いてみます」

「あ、そういえば一ノ瀬くんから言われたんですけど」

心さんはまるで日常会話のように、何食わぬ顔で。

「恋人のフリの件、素材としてはもう足りたそうなんですけど、そもそも私たちを記事にしないということも選択肢に入れてもらって構わない、と。そうなるかもしれないと一ノ瀬くんも楓《ふう》さんという方と同じ場所に行っていたようなので。あ、でもこれはきっと私に気を遣ってくれたことだと思うので、翔くんが構わないなら私は全然このまま進めてもいいかなって」

そういえば縁司は楓さんと砥峰《とのみね》高原に行ったと言っていた。最初から俺たちのことは記事にしないつもりだったのかもしれないな。

あいつのことだから、また俺へのお節介でも企《たくら》んでいたんだろう。

失恋相手と恋人のフリをしてデートした記事をアプリ内で宣伝のために使われるのは普通嫌だろう。

縁司は心さんの気持ちを考えてやっぱりなしでもいいと提案したと思われる。

俺はそのことを一切知らされていなかったから、きっとそうだ。なのに心さんは全く気にする様子もなくその話を俺にしていて。

「元々恋人のフリでしたし、私は何も気になりませんよ。それよりも、翔くんは私の大切なお友達です。そしてそのお友達である一ノ瀬くんも私はお友達だと思っています。お友達の助けになるのなら、私は協力したいので」

俺の気持ちを読み取ったように、懸念していたことは何も問題ないと伝えてくれて。

俺も、縁司のためになるなら協力してやりたいと思う。不要なことかもしれないわけだが……。

「なので、翔くんが嫌でなければ、私の方から記事にしてもらって構わないと連絡しておきます」

「じゃあ、……お願いします。俺の友達のためにありがとうございます」

「いえ、もう私のお友達でもありますからね。翔くんのおかげでまたお友達が増えて嬉《うれ》しいです」

「俺はただきっかけを作っただけですよ。頑張って変わるため行動した心さんの努力の成果です」

「そうだと嬉しいです。……一ノ瀬くんも、光ちゃんも、翔くんのおかげでできたお友達で、大切なお友達です。でも、一番最初にできたお友達は翔くんです。なので……」

今まで色んなことがあった。

出会いから衝撃だった俺たちの関係は、コネクトを通じて出会ったこともあり恋愛になるかもしれなかった。

マッチングアプリで出会った人と恋人にならないのなら関わる理由はない。そう思う人もいるかもしれない。

でも、いいじゃないか。友達として仲良くなっても。

「これからも、私の大切なお友達でいてくださいね」

俺も、心さんのように変われるだろうか。

「もちろんです。改めてよろしくお願いします」


大学から帰って、夜に縁司の部屋に行こうとするとちょうどスーツ姿の縁司が部屋から出てきた。

最近は忙しくて夕食を作る余裕がないから、コンビニで買ったり外食したりを繰り返しているらしい。

「今日もコンビニか」

「翔ちゃんだって人にとやかく言える食生活できてないでしょ？」

「ごもっともで」

「翔ちゃんも行く？　コンビニ」

　縁司が少し痩せたように見えて、心配になる。……別に、友達なら心配するのも普通だろう。

「縁司、俺が買ってきてやるから部屋で休んでろよ」

「え、なになに気持ち悪いな」

「心配してんだろ、気持ち悪いとか言うな」

「ははは、じゃあ頼ろうかな。ありがとう」

「おう」

　一人でコンビニまで歩き、縁司からの『セボンイレボンで売ってる辛いラーメンと塩むすびでおなしゃす』というメッセージに従って、購入したものを袋に入れて縁司の部屋に戻ると、縁司がコーヒーの豆を挽《ひ》いていた。

「本格的だな」

「まあね。翔ちゃんもやってみる？　楽しいしインスタントより美味《おい》しいよ」

「やってみようかな」

「はいどうぞ。レッツドリップ！」

豆は既に縁司が挽いたものがあったので、ペーパーフィルターの中に挽いた豆を入れて、その上から熱湯を入れて抽出していく。

アルバイト先の店長がコーヒーを淹《い》れているところを見たことがある。たしか店長は一気に熱湯を注ぐのではなく、少しずつ垂らしていたはずだ。

見様見真似《みようみまね》ではあるが、それっぽくしてみた。

「へー、翔ちゃん上手だね。なんか似合う」

「そうか？」

別に普通だろ、とか言いながら、満更でもなかった。

途中から俺が淹れたコーヒーを持って縁司と向かい合って座る。

いつ来ても縁司の部屋はお洒落《しやれ》だ。

壁紙や家具のセンスももちろんだが、俺の部屋と同じ間取りのはずなのになぜか広く見えるのは、何かそう見える工夫が施されているのだろう。

「縁司の部屋ってなんでちょっと広く見えるんだ？　俺の部屋と間取りは一緒のはずだろ？」

「家具の高さが低めだからだと思うよ。圧迫感をなくしてるから、その分縦に広く見えるんだよ」

「ふーん、なんか色々考えてんだな」

インテリアは奥が深くておもしろいな。俺もこだわってみようかな。

「それより翔ちゃん、今日初音《はつね》さんに会ったでしょ？　どうだった？　気まずくなかった？」

「まあ……、うん。大丈夫だよ。その……縁司、色々気回してくれて助かったよ、ありがとうな」

「え……」

縁司は口が開いたまま俺を凝視して。

「なに、なんか翔ちゃん変だよ」

「何がだよ」

「なんか、なんていうんだろ……、素直になった？」

「俺は元々素直だ」

「冗談言うなんてやっぱりらしくないな……」

冗談のつもりなかったんだけどな……。

でも、縁司の目から見て素直に見えているのなら、俺も良《い》い方向に変われているということだろうか。

少し前の俺なら素直とは言えなかったかもしれない。

でも、だって、と否定から入るし、感謝も謝罪も無駄なプライドが邪魔して言えなかった。今はそうじゃない。

「縁司、俺って変われたかな」

俺の問いがおかしいのか、縁司は堪《こら》えきれないようにクスクスと笑う。たしかにちょっと恥ずいこと言ったかもなと顔が熱くなる。

「うん、翔ちゃんは変わったよ、もちろん、良い意味でね。それがはっきりわかるのが、表情だね」

「表情……？」

「うん。僕が出会った頃の翔ちゃんはいつもしかめっ面で恐《こわ》かったよ。でも今は、優しそうに恐い」

「結局恐いのかよ」

「そりゃあ顔なんてそんなにすぐは変わらないからね。でも、なんだろうね。なんか……、穏やかになったよね」

穏やかか。今の俺なら、光と復縁しても喧嘩《けんか》せずに済むだろうか。仲良くやっていけるだろうか。

そもそも喧嘩が絶対に悪いことだとは思わない。問題はその後きちんと歩み寄ることができるかどうか。

こういうのを人間的な成長というのなら、俺はもう光に連絡してもいいくらいの男になれているだろうか。

目標を見つけることは焦らずにじっくりでも構わない。その方が余裕を持てて選択を間違えないだろう。

焦らなくていい。ゆっくりでも光に相応《ふさわ》しい男になるんだ。いつでも光に今の俺を見てもらって構わないように。

「そうだ翔ちゃん、月末の土曜日、予定空けといてもらってもいい？」

「……？　別にいいけど、なんかあんの？」

「うん、今回手伝ってくれたお礼に、ちょっとお高い店でご飯でもどうかなって。初音さんもね」

「わかった、空けとくよ」

縁司はコーヒーの入っていたマグカップをシンクに持っていき、洗いながら「美味しかったよ、ご馳走様《ちそうさま》」と微笑《ほほえ》んだ。

俺は熱湯を注いだだけだが、そう言われたことがなんだか嬉しかった。人に何かを施して、感謝されることって幸せなんだな。

そう思った時、俺のやりたいことが見えた気がした。

六話　一度言ってしまった言葉はなかったことにはできない。

高校時代では友達に恵まれた私だけど、本当はいつも翔《しょう》が言ってくれたような、誰にでも好かれる側の人間ではない。

成長が早かった私は小学生にして親戚やご近所さんから顔が整っていると褒められて、実際その頃から好きだと言ってくれる人もそれなりにいた。

正直、天狗《てんぐ》になっていた。

そんな私を妬んだクラスの女の子に無視をされたり、陰口を言われたりしてきた。

絵に描いたようないじめではなかったけれど、根性無しで繊細な私を孤独にするのには充分だった。

学校に行くのが辛《つら》い、とまでは言わないが、行きたいと思ったことはただの一度もなかった。

子供の頃からませていた私は、妬みで無視や陰口をする子と仲良くするのなんて、こっちから願い下げだと考え、それが態度に出ていたのが原因だろうか、更に敵を増やしていくことになった。

でも、そう思うしかなかった。そう思うことでしか、自分の精神を護《まも》る方法がわからなかったから。

どうせ小学校でできた友達なんて、大人になれば関わることがなくなる。だから、辛いのは今だけだと。

なまじ容姿が整っているせいで、その性格の悪さが周囲の人間にはより一層悪く感じてしまうのだろう。

高圧的な態度、自分から歩み寄れない天邪鬼《あまのじゃく》な性格、大学生になった今なら、自分があの時どれだけ嫌な人間だったかがよくわかる。

学年が上がるとクラスメイトも変わり、その度に新しいスタートを切ろうと誓うのだが、幼少期に形成された性格がそう簡単に変わるわけもなかった。

最初はみんな私に興味を持ち、関わろうとしてくれた。

でも、その期待が重かった。

可愛《かわい》いからきっと優しいよね、可愛いからきっと愛想が良いよね。可愛いからきっとなんでもできるよね。

期待に応えられるほど私は優れた人間ではないから、みんなが私を期待通りの人間ではないと知って離れていって。

勝手に期待して、勝手に裏切られたなんて言って、そんなの私が知るかと憤りを感じることもあったけれど、それを態度や言葉に出してしまえばまた無視されたり陰口を言われてしまうから。

みんなに好かれたい、みんなにチヤホヤされたい。そうは思っていなかったけれど、せめて嫌われたくはなかった。

他の子たちみたいに、学校帰りに遅くまで遊んで親に叱られてみたかった。

休みの日にはやらなきゃいけない宿題を放ってまで友達と遊びに行ってみたかった。それで、またお母さんに叱られちゃうって、そんな心配をしてみたかった。

当たり前の子供時代を過ごしたかった。みんなが当たり前にしていることを、私もしてみたかった。

小学生の頃からそんなことばかり考えていた私は誰よりも大人であり、同時に誰よりも子供だったんだろう。

クラス替えの度に嫌われないように尽くした。

ある一年はそもそも口数を減らして、空気に徹する過ごし方をしてみた。

ある一年は積極的にクラスメイトに声をかけて媚《こ》びを売ってみた。

ある一年はモテてしまえば女子から反感を買うかもしれないからと、男の子に好かれないように髪を短くして口調も男っぽく、わざと寝癖だらけで登校してみたり。

結局私の方がしんどくなってしまって、ここまでして本当に友達って必要なのかと感じるようになってしまった。

それでも孤独は辛かったから、続けた。

中学生になる頃には、私は自分じゃない誰かを演じるようになっていた。

翔から縁司《えんじ》くんの話を聞いた時、縁司くんも私と一緒だったのかなと親近感が湧いて、だからもう、縁司くんが誰かの望む縁司くんを演じなくてもいいようにしてあげたかったから、積極的に翔に協力した。縁司くんはいいよね、翔みたいな人が近くにいるから。

中学三年間は一般的に好かれるであろう人間像を演じた。

それでも小学校の六年間で築き上げた私のイメージは、もはや同学年全員に知れ渡っていて、そのイメージの私を忘れさせることはできなかった。

中学は小学校で一緒だった人たちがそのまま一緒だったから、どうしてもそのイメージを拭うことはできなくて。

なんか高宮《たかみや》変わった、とは言われることはあっても、かつて私の敵だった人たちがその変革を妨害してきた。

あいつ、本当は凄《すご》く嫌な奴《やつ》なんだよ、と。

中学はもう諦めて、高校では同じ中学だった人の誰もいない場所を選ぼう。そこで新しい自分をスタートさせるんだ。

親の前では心配をかけないように友達がいるフリをしてきたけれど、一度たりとも友達を家に連れてくることのない娘の、『友達は沢山いる』という言葉を信用できていなかっただろう。

心配をかけただろうな。不安にさせただろうな。そのことが、なにより心苦しかった。

学校が終わってからは公園のブランコに座ってただひたすら時間が経《た》つのを待ち、服と靴に少しの泥を付ける。

土日は架空の友達である『美咲《みさき》ちゃん』と何度も遊びに出掛けて、実際は学校に併設されている図書館で受付のおばさんに話し相手になってもらっていた。

私にとっての友達は受付のおばさんだけで、おばさんもそのことに気付いていたのかはわからないけれど、必ず私の相手をしてくれた。

私が友達としてみたかった『当たり前』を、沢山経験させてもらった。

好きな漫画を共有し合ったり、昨日の夜テレビでやっていたドラマの話をしたり、お母さんと喧嘩したときには愚痴を聞いてくれた。

でも、両親に心配をかけないように友達を紹介するのなら、学校の同級生じゃないとあまり意味はない。

だから、高校こそは友達を親に紹介してあげよう。私の吐《つ》いた『友達は沢山いる』という嘘《うそ》を本当にしてしまおう。そう誓って、担任の先生に聞いて同じ中学の人がいない高校を教えてもらった。

中学までの私を誰も知らない場所で心機一転、やり直したかった。

当時の私の学力では少し厳しい偏差値の高校を目指すと言うと、担任の先生は喜んで勉強を手伝ってくれた。

恩を感じるべきなのだろうが、大人は私の事情など理解しようともしないのだなと失望したのをよく憶《おぼ》えている。

同じ中学の生徒が誰もいない高校に行きたいと言った生徒に対して、いじめでも受けているのではないかと心配するべきなのではないか、とその時は思ったが、今は違う。

普段、自分は大人だと思い込んでいたくせに、都合の良《い》い時だけ子供として扱ってもらおうなどと甘えた考えだ。……私はただ、見てほしかっただけなんだと、今なら理解できる。

ただ気にしてほしかっただけ、構ってほしかっただけ。

当時を思い返すと、一人っ子特有のかまってちゃんな自分の性格に腹が立つ。

もっと色々やり方があったのではないか、もっと歩み寄れたのではないか、子供だガキだとバカにしていた同窓生の中で、私が一番子供だったのではないか。

高校からは大人になろう。

最初はみんな私を容姿だけで良い人間だと判断してくれる。だからみんな仲良くしようと媚びを売ってくる。

それがなんだか気持ち悪くて遠ざけていた。でも、それを乗り越えて、利用して、受け入れることが出来たなら、私はきっと学校の人気者になれる素質を持っているはずだと、そう信じていた。

だから敵を作らないように、明るくいこう、愛想よくしておこう、褒められても否定して謙虚にいこう。

私は、初対面なら最初は間違いなく好かれる。今までがそうだった。

最初から無視をしてくる人なんていなかったし、最初から悪口を言ってくる人もいなかった。

なのに、翔は違った。

入学式の日に見かけて、登校までの短い道で多くの善行を積んでいた翔を良い人だなと思った。

私とは違う、誰も見ていなくても人の目を気にせず誰かを助けようとして、演じて良い人になっているわけじゃない人。

凄い人だなと思った。私もこんな人になれたなら。そんな翔に興味が出て、きっと良い人だと期待した。

「ねえ、どこの中学から来たの？」

でも、実際話しかけてみると意外にも不愛想な奴で、平気で無視をしてきた。なんだ、私は期待を裏切られてしまったのか。

なんだこいつ、腹が立つ。

良い人だと思ったのに、私の興味を返してよ。ついカッとなって、『本当の私』が出てしまう。

「なんでアンタそんなに偉そうなのよ!!」

感受性が豊かすぎるのもあまり良いことばかりではない。別に怒ることでもないだろうに、すぐに感情のままに動いてしまう。

この時に気付いたんだ。私も、中学まで嫌いだと思っていた連中と同じだと。

勝手に期待して、勝手に期待を裏切られたと腹を立てて、責め立てる。

散々見下してきた人たちと同じだったという絶望感と、私の勝手な期待のせいで恥をかかされる羽目になった翔への罪悪感。

感情の起伏が激しい私は、ちょっとしたことでもかなり凹《へこ》んでしまう。こんなところも、友達をなくす原因になっているんだろう。

でも翔は、そんな私を見放すことは決してなかった。むしろそんなところを好きになってくれた。

いつだったか翔が私に言ってくれたこと、映画を観《み》てすぐ泣くところが好きだとか、感情が全部顔に出てるのがわかりやすくて鈍感な俺には助かるとか。

私とは真逆で感情が全然表情に出ない翔ならではの羨ましがり方で、私は自分で欠点だと思っていた部分を褒められて、居心地が良かった。

翔と一緒なら、飾らない私でいてもいいんだって思えた。それが凄く楽で、安心感があった。

喧嘩《けんか》も沢山したけれど、それも後になってみればなんで喧嘩したんだろうねって二人で笑えた。

私には、翔しかいなかった。

翔だけが私を理解してくれて、こんな私に歩み寄ってくれて、欠点も認めてくれて、それでも一緒にいようって、仲直りしようって、側《そば》に居てくれたから。

もう、あんなに素敵な人は二度と現れないだろう。こんな私に、神様が一度だけ用意してくれたチャンスだったんだ。

私はそのチャンスを自ら投げ捨てて、翔のことも傷付けた。私なんかが翔の側にいる資格はない。

翔なら、もっと良い人が見つかる。だからもう、私なんかが翔に近づくのはやめてあげよう。

本当は今すぐにでも謝りたかった。でも、それはもしかしたら翔も私に未練があるかもしれないと思えていたから。

電話をかけて、会いに行って、それを否定されるのがたまらなく恐《こわ》かった。

拒絶されてしまえば、今度こそ私は本当に孤独になってしまう。

否定されてしまえば、心の拠《よ》り所《どころ》を失ってしまう。

翔が、もしかしたらまた私を受け入れてくれるかもしれない。そう勘違いしている状態が不幸の中でたった一つの救いだった。

そのたった一本の糸が切れてしまえば、きっと私はもう立ち直れない。

そんな自分の弱さはよく理解していたから、翔に自分からコンタクトを取ることができなかった。

だから、私はまた私じゃない誰かを演じて、上辺だけの付き合いでなんとか心を繋《つな》ぎとめていた。

光《ひかり》ちゃんは強いよねと言われることも多かった。でも、そう言った人は誰一人として私という人間を理解していない人だ。

弱いからこそ、自分じゃない誰かのフリをして生きているんだ。

誰かのフリをすることで、拒絶されても私じゃない誰かが拒絶されたんだと割り切れるから。

辛《つら》い感情を無視できるから。

翔と別れて一年が経ち、いい加減翔に縋《すが》るのは良くないと思った。今からでも復縁できるなんて都合のいいことは考えていなかった。

別れて一年も経つ元恋人と復縁したいだなんて考える女々しいところは翔にはこれっぽっちもなさそうだし、翔みたいな人ならきっと大学で新しい恋人も既にできているはずだから。

そもそも復縁したって、どうせまた私のせいで別れることになるのは明白だし、どんな顔をして会えばいいのかがわからないし、どんな態度で接すればいいのかがわからないし、恐い。

きっと翔は私のことなんて見たくもないし考えたくもないだろう。私は翔に沢山迷惑をかけたし、沢山傷付けたから、会う資格もない。

でも、もしもの話だけれど、また翔に会うことができたのなら……、そう考えてしまう自分が気持ち悪くて、また自己嫌悪に陥ってしまう。

このままみっともない自分のままでいるのが嫌だった。前に進みたかった。だから、コネクトをインストールしたのに。

「なんでお前がここにいるんだよ!!」「なんでアンタがここにいるのよ!!」

再会してからも私はずっと嫌な奴《やつ》で、ずっとまた会いたいと思っていたのに、真逆の態度で接してしまって。

だから、翔は心《しん》ちゃんと出会ってしまって、私も心ちゃんと出会ってしまった。

心ちゃんを傷付けたくなかった。やっとできた、本当の友達だったから。上辺じゃない、心から信頼できて、素で居られる友達。

私は心ちゃんが大好きだった。心ちゃんと友達じゃなくなるのが嫌だった。だから身を引いたのに、心ちゃんは私と違って強い子で、私が護《まも》ってあげなくちゃって、思ってもいいような人じゃなかった。

護ってもらっているのは、支えてもらっているのは、私の方だ。

翔と心ちゃんのおかげで、私はようやく変われた気がした。

性格はそう簡単に変わらないだろうけど、少しずつでも、自分で自分を認めてあげられるように、自分を好きになれるように、変わっていこう。

翔に相応《ふさわ》しい、良い人間になれたのなら、……いいや、違うな。

翔に相応しい、自分で自分を好きになれる人になったら、今日も頑張った自分は偉いと、自分の機嫌を自分で取れるような人になったら、心ちゃんのような強い人になったら、その時は、――翔に会いに行こう。

自信満々に、私が翔に一番相応しいと言えるときが来たら。

これは『逃げ』じゃない。今度こそ私から、ちゃんと言うんだ。会うのが恐いから先延ばしにするんじゃない。

……でも、完全に自分を好きになれるまで我慢できないな。

とりあえず、料理の練習をしよう。

絶対に、お世辞じゃない「美味《おい》しい」を翔の口から言わせてやる。それができたら、言うんだ。

私は、翔のことがたまらなく好きだって、会いたかったたって。これからも一緒に居たいって。

友達でもなくて、元恋人でもない、

——これからの恋人にしてほしいって。

その返事がどうであれ、私はそれを言えたとき、きっと今よりは自分のことを好きになれているだろうから。

誰を演じるでもなく、ありのままの私で、翔に素直な気持ちを伝えたいと思えた。

こんな面倒な私だけど、もらってくれるかな。

＊

目付きの悪く可愛《かわい》い女の子に目がない母親と、威厳という言葉が最も似合わない温厚で自己主張をしない父親の間に生まれた俺の容姿は、母親のＤＮＡを濃く受け継いだのだろう目付きの悪さを得て、父親の自己主張をしないという生き方を見て育ったことで基本は無口な性格になった。

父さんのように温厚な雰囲気ならば、無口でも問題なかっただろう。でも、俺は母さんの鋭い目付きを受け継いでいた。

身長もそれなりに高い方で、声は低い。

初対面では大体の人から怖がられることになるわけだが、それがどうにも生きにくいと感じていた。

心さんほどではないが、シャイな性格も相まって、本当は全然怖くないんだと自ら弁解することもできなかった。

自分から話しかけに行って、俺は怖くないって説明しだしたらそれこそ怖がられるだろうし。

おかげで幼少期から友達は少なかった。というか、ほとんどいなかった。……ほとんどというか、ゼロだった。

別に極端に嫌われているわけでもないし、いじめを受けることも一切なかった。だって、恐がられているわけだし。

一人で居ることは楽だし好きではあった。

小学校の頃からだったが、休み時間に外に出てドッヂボールなんて疲れるだけだろ。とか遠目にクラスメイトを眺めていた。

でも、本当に興味のないことに対して人間は疲れるだけだろと遠目に見ることもしないんじゃないだろうか。

結局のところ、羨ましかったんだと思う。

体育の授業で二人組を作れと言われて、クラスメイトは決まって仲の良《い》い奴同士で二人組を作る。

俺は誰からも誘われないし、誰も誘わない。

三人組で仲の良い奴らがジャンケンで決めて、余った一人と組む、という流れがお決まりになっていた。

みんな俺と組むことになっても、嫌な顔は絶対にしなかった。そんな顔をして、もし藤《ふじ》ケ《が》谷《や》くんに見られたらボコボコにされてしまう、みたいな空気は察しの悪い俺でも気付いていた。

喧嘩なんてしたことないのにな。

みんなは悪くない。悪いのは誰とも関わろうとしない俺だ。

教室の隅に一人で居るのは退屈だから、よくクラスメイトを観察していた。みんな良い奴らだ。

きっと俺から話しかけに行けば、受け入れてくれるだろう。

でも、もしも受け入れられなかったら。もしも怖がられているせいで話しかけても逃げられてしまったら。

そんなことあるわけないとみんなを見ていればわかる。きっとみんなは俺を受け入れてくれる。

そうわかっているのに、もしものことばかり考えて臆病になってしまう。

話しかけに行かないうちは、俺はみんなに受け入れられる可能性が残っている。でも、話しかけに行って拒絶されれば、俺はその時本当の意味で孤独になってしまう。それがたまらなく恐かった。

最初から話しかけに行かなければ、拒絶されることは絶対にない。だから、友達ができる未来への可能性を残しておきたくて、行動しなかった。

一人で居れば、独りになることはないから。

文化祭、音楽祭、体育祭、修学旅行、夏祭り、初詣はもちろん、イベント事の終わった夜にクラスのみんなでやる打ち上げ。クラスのみんながそれを楽しそうに満喫している姿を見て、羨ましいと感じていた。

クラス全員参加のイベントなんかには、クラスメイトはちゃんと俺のことをビビりながらも誘ってくれた。

なのに、俺なんかが行ってもいいのかと悲観的になって、クラスのみんなは歩み寄ろうと努力してくれただろうに、行きたいとは言えなくて。

もっと素直になれれば、みんなと一緒に普通の子供として生きてこられたことだろう。

でも俺は素直じゃない。

自分の気持ちを誰かに開示するということが極端に苦手だった。

高校からは友達を作ろう。

本当は全然怖くないってわかってもらえるように、いつも笑顔で自分からどんどんコミュニケーションをとりにいこう。そう決意した。

実際に高校生になって、今までの人生でしてこなかったことがいきなりできるわけもなく、また俺は孤立していくことになる。

ああ、高校ではちゃんとしようって決めてたのに。そんな後悔を懐《いだ》きながら、もう諦めていた俺を掬《すく》い上げてくれたのが、光だった。

光はこんな不愛想な俺に話しかけてくれて、友達になってくれた。

そんな光にいつの間にか惹《ひ》かれていった。

光のおかげで俺という人間をクラスメイトにも知ってもらえて、本当は全然怖くないって理解してもらえた。

だから、友達もできたし、イベント事にも参加できた。

ずっと憧れていた学生生活を送ることができた。

光は本当に凄《すご》いやつだ。愛想良く誰にでも話しかけることができて、行動力があるなと感心していた。

俺もこんな人になれたら、きっと人生がもっと生きやすくなるんだろうな、なんて考えていた。

きっと光だって俺とは違う悩みがあるはずだが、普段の光を見ていると、そんなものは一切なさそうで、それが羨ましかった。

悩みがないならそれはもちろん羨ましいし、悩みがあるとしてもそれを全く感じさせずに振舞える人当たりの良さが羨ましい。

どちらにしても、周囲にいつも人が集まる光には、自分にないものがある。それが凄いと、尊敬できると感じた。

その尊敬はいつからか恋心に変わって、俺たちは付き合うことになった。

光と出会ってから、俺は少し変わったらしい。

光のおこぼれという形ではあるが、友達が何人もできたことが影響しているのかもしれない。

もう体育の時間に二人組で困ることもないし、イベント事に参加することを躊躇《ためら》うこともなくなった。

当たり前の学生生活を、当たり前に過ごせるようになっていた。

それも全部、光のおかげだった。

なのに、俺は光に言ってはいけないことを言ってしまった。

「俺だってそうだよ！　毎日毎日まずい弁当作ってこられて、辛《つら》かったよ！」

そんなこと思ってもいなかったのに、ついカッとなってしまって。

「ご、……」

謝ったところで、一度言ってしまった言葉はなかったことにはできない。

例え光が許してくれたとしても、この先もずっと、光は俺が言った言葉を心に傷として残してしまう。

お弁当を作るのが辛くなるだろう。喧嘩《けんか》をするたびにこの言葉を思い出してしまうだろう。

俺と付き合ったのはただの文化祭マジックだと言われたことだって、似たようなものだけど、それはいい。

だって光は、そんなこと本心で言っていないとわかっていたから。

光は、そんなマジックに騙《だま》される奴《やつ》じゃないし、思う奴でもない。

だから、父さんのように温厚に受け止めてやればよかったんだ。なのに俺は、大人げなく反論してしまって、そのせいで光を傷付けた。

帰ってからも、電話して謝ろうとはした。でも、光はさよならと言ったから、今更謝っても遅いかなとか、もう少しお互いが落ち着いてからの方がいいかなとか、明日になれば光の方からケロッと連絡してくるかもなとか、明後日《あさって》にはって、来週にはって、桜が咲く前にはって、先延ばしにしてしまって。

そうしたら、いつの間にか一年が過ぎていて。

今更謝っても手遅れだ。

あの時謝っておけば、そうではなかったかもしれないのに。

別れて一年も経《た》つのに、光がまだ俺のことを思ってくれているなんて思いあがることはできなかった。

だから、早く忘れて前に進もうとコネクトを始めたのに。

「なんでお前がここにいるんだよ!!」「なんでアンタがここにいるのよ!!」

付き合っていた頃は絶対にしないようにしていたお前呼びも、再会できた喜びを表面に出さず、嫌悪感を出してしまうこの天邪鬼《あまのじゃく》な性格も、きっと光に嫌われる原因になってしまう。

わかっていても、そう簡単に変えられるものではなかった。

それでも、再会できたこの奇跡を無駄にしてはいけない。なんとかやり直せないものかと、心の奥では思っていたんだろう。

その頃は自分でも自覚がなかった。

縁司に諭されて、チャンスを貰《もら》って、ようやく本心に気付き始めた。

光を誰かに取られたくない。別に俺のものでもないのに、そんな烏滸《おこ》がましい考えがあった。

楓《ふう》さんに出会って縁司との関係を繋《つな》いだ時に、俺が縁司に言ったこと。要約すれば、言い訳なんてしないで本心を言え、その本心を押し殺したら後できっと後悔する。というものので、それは俺自身にも言えることだった。

俺は、縁司に諭せる立場じゃなかった。

田中《たなか》に散々言われていた俺を、光は庇《かば》ってくれた。

「こいつはそんな男じゃない」

あの時は嬉《うれ》しかったな。

俺のことを誰よりも知っているのは、家族を抜いたらきっとそれは光だ。それだけ長い時間を一緒に過ごしてきたから。

その光に、俺にはないものを持っていて尊敬できる光に認められたことが、嬉しかった。

この時にはもう、自分でも気付いていたんだと思う。俺は今でも光が好きで、どんな困難があったとしても、やり直したいと思っていることに。

「光」

「……帰って」

だから、行動を起こした。でも、拒絶された。

やっぱり行動するのが遅かったのではないか、今更やり直すなんて無理だったんじゃないか、そう思いはした。

これ以上踏み込んでも、失恋によって自分が傷つくことになるかもしれない。その痛みに、少し前の俺だったら耐えられなかったことだろう。

でも、もう変わると決めたから。

光じゃないとだめだとわかっていたから。

「――今度こそ、ちゃんと話し合おう」

もう、逃げない。答えを聞くまでは諦めない。

たとえ受け入れがたい答えだったとしても、その答えを聞かないまま光とこのまま会わなくなったら、これからずっと後悔することになる。

あの時、もしかしたら光も同じ気持ちだったんじゃないかって。でも、本心を言えば心さんを傷付けてしまうことになる。光は多分そのことに気付いていたから、本心を内に押し込めてしまった。

だったら、光が心の整理をできるまで待とう。そして、その時が来たら、俺の気持ちを伝えよう。

縁司のように誰かに尽くしてあげられる無償の優しさなんてないし、察しの良さがあるわけでもない。

楓さんのように穏やかになんでも落ち着いて受け入れられる器の大きさなんて俺にはない。

田中のように誰かのために自分の全てを捧《ささ》げられる深い愛情を持つことだってできる自信がない。

心さんのように叶えたい目標があるわけでもないし、目標のために見た目と生き方を変えられる決断力も、努力する根気もない。

光のようにお洒落《しゃれ》でもないし、容姿が優れているわけでも、誰にでも好かれる愛想の良さもない。

こんな何もない俺でも、みんなは俺と関わってくれて、友達で居てくれた。

きっと俺には、自分でも気付かない魅力があるんだろう。今はそう思えている。

自分のことを、自信を持って素敵な人間だと思える。みんなのおかげで、俺は自分を好きになれた。

だから、光に会えたら、今度こそ——。

こんな不愛想な俺だけど、選んでくれるだろうか。

七話　復縁に最も大切なのは冷却期間。

朝起きてまず初めにすることは、ベッドの上でスマホを三〇分以上いじること。それから重い腰を上げて、洗面所に行き歯を磨いて顔を洗う。

俺が理想とする良《い》い男というのは起きてすぐに立ち上がれる人間だと思っている。わかっていてもそれがなかなかできなかった。

でも、今の俺は違う。

起きてすぐに歯を磨き顔を洗う。

それからコーヒー片手に、スマホで朝のニュースをチェックして、朝食に食パンを一枚食べる。

ちなみに朝食はご飯派だ。

炊き立ての白米と具沢山の味噌汁《みそしる》にしょっぱい卵焼きと熱々のウインナーを食べたい、というのが理想ではあるが、そもそも米を炊くという工程がどうにも面倒で、トースター一つで完成する食パンに頼ってしまう。

朝から炊飯なんて面倒なこと、朝すぐに起きるようになった今の俺でもまだ難易度が高い。

コーヒー片手に朝のニュースをチェック、と言ってはいるが、実際のところ星座占いと天気予報のチェック、気になる芸能人などに関係するニュースを軽く見る程度で、社会の動きがどうとか、そういう記事は一切見ていない。まあなんかニュース見とけばそれっぽいよなという浅はかすぎる理由でしかない。

なぜそんな浅はかな動機であれニュースをチェックし、朝食までしっかり食べるようになったのか。

それは今の俺の目標である、以前より成長した俺になるため。ひいては光《ひかり》に似合う男になるため。

もしも復縁できた際、いや、違うな。光に復縁の提案をする際、今のままの俺ではだめだと思った。

昔と変わらない俺では、一度無くなってしまった恋心は元には戻らない。それは過去に復縁について調べた時嫌というほど目にしたことだった。

一度は離れてしまった気持ちを再燃させるには、その元恋人と会わない、冷却期間を設けて、冷却期間が終わるまでの間に期間前の自分よりも成長し、その姿を見せることによって、別れたことを勿体《もったい》ないと感じさせることができれば、また気持ちを持ってもらえる……、らしい。縁司《えんじ》も言っていた。あいつはメンタリストだし多分事実だろう。実際、俺もその通りだと思った。

少なくとも以前のままの俺ではまた小さな理由で光と喧嘩になってしまう。器の小さい俺はまた謝れずに終わってしまう。

もう子供じゃないんだ、誰かに宥《なだ》めてもらおうなんて甘えた考えではいけない。自分のことは自分でできるようにならないと。

そうして変われた俺であれば、光はまた受け入れてくれるだろうか。

仮に受け入れてもらえなかったとしても、その成長は必ずこれからの人生で役に立つはず。だったら努力しない理由はない。

縁司や心《しん》さんのおかげで、俺も昔に比べると随分変われた自負はある。だからと言ってそこで成長することをやめてしまえば、きっと飽きられる。

常に成長し続ける男になら、きっと興味を持ってくれる。少年漫画の主人公だってそうだし。

「よし、そろそろ行くか」

黒いスラックス、白いワイシャツ、財布とスマホ、イヤホンと家の鍵だけが入った小さな鞄《かばん》を持って、家を出る。

今日は日曜日、いつも通りバイトの日だ。

バイト先まで歩いて一五分、いつも音楽を聴いていた道で、今では自己啓発本を音声で読むようにしている。

それも、俺のやりたいことを叶《かな》えるために。

それが叶えばもっと俺は光に似合う男になれるだろうから。いや、何か目指しているだけでもきっと何も目標がないときの俺よりも良い男にはなれているだろう。実際、目標を立ててからというもの、俺は人生が楽しくて仕方がない。

光に似合う男になりたい、そう思って努力を重ねることは、女々しいだろうか。いや、少なくとも俺の周りに人の努力を嗤《わら》う人間はいない。

みんな良い人だ。

縁司と出会って、最初は馴《な》れ馴《な》れしいやつだなと思った。でもどんどん縁司のことが人として好きになった。

悩みなんてなさそうにヘラヘラしている縁司にも、抱える問題があって、それを知った時、どうにかしてやりたいと思えた。以前の俺では考えられない。

それもきっと、縁司と出会って友達のために何かしてやりたいと思える人間になれたから。

縁司と出会えてそうなれたんだ。

心さんとの出会いは偶然で、あの出会いがあったおかげで、葛藤があったおかげで、決断する勇気を得て、嫌われるかもしれなくても自分の素直な気持ちを伝えることができるようになった。

それは俺が光と復縁するにあたって、一番大切なことだと思う。

俺は、自分の気持ちを素直に伝えるということが苦手だったから。

嫌われないだろうか、傷付けてしまわないだろうか、関係が壊れてしまわないだろうか、そうやって孤独になることを、孤独にしてしまうことを恐れて、行動できなかった。でも、時には相手を傷付けてでも本当の気持ちは伝えた方がいいと知って、保身に走らず、相手のことを思うなら嫌われるかもしれないことだって勇気を持って伝えないといけないことも知った。

心さんをふれば、心さんは傷付くだろう。けれどそうじゃなく、気持ちが決まっているならダラダラとそのままでいるより、さっさと次に行けるようにふってやる方が相手のためだと、今ならわかる。

俺はただふることで自分が責められるのが嫌だっただけだ。結局自分が大切なだけだった。

だから、心さんから学べたことには特に感謝しないといけない。

心さんと出会えて、本当に良かった。おかげで今の俺がある。

あっという間にバイト先に着いて、イヤホンを外して更衣室に入った。

エプロンを着てホールに出ると、先に出勤していた縁司が忙しそうに伝票に目を通していた。

「おはよう」

「おっ、翔《しょう》ちゃんおはよう。今日結構忙しいよ、頑張ろうね」

「おう。任せろ」

ほら、前までの俺ならもっと不愛想だったはずだ。……自分の成長に鼻を膨らましているうちは、まだまだか。


月末になり、縁司に予定を空けといてと頼まれた土曜日がやってくる。

具体的にどこに行くのかは何も聞いていないが、とりあえず昼から三ノ宮《さんのみや》駅に集合、とだけ聞いていた。

この日も日課である星座占いと天気予報のチェックを済ます。星座占いは一位で、ラッキーアイテムは炭酸飲料らしい。ラッキーアイテムなんて家を出るころには忘れているだろうから、どうでもいい。トースターのチンッという音が聞こえてきて、食パンを取りに行った。

食パンの一番好きな食べ方は、トースターで焼いてバターを塗り、その上から砂糖を満遍なくかける食べ方だ。

まあまあな量の砂糖だし不健康なことこの上ないこの食べ方は、過去に光から教わった食べ方だった。

光はいつもこれで食べているらしく、当たり前のように五枚切りで買った食パンを全て食べきっていた。

食パンって普通一枚か二枚で食べるものではないのだろうか。

カロリーが足りないでしょとか言っていたが、なんでそんなに食べて太らないのか不思議で仕方がない。

元恋人ということはもちろん光の腹くらい見たことがあるが、全く出ていなかった。腕も脚も細いのに、胸は大きい。多分全部の栄養が胸にいっているんだろう。

バターを塗った食パンに砂糖を振りかけながら、食パンにかじりついていた光を思い出す。

ひたすら食べているところも、幸せそうに食べるところも、隠れて間食をとっているのがバレた時の焦りようも、全部好きだったな。

思い出すだけで微笑《ほほえ》みが漏れてしまう。

やっぱり、俺は未練だらけだったんだな。

食パンを食べ終わって、身支度を済ませようとクローゼットを開けた。

昔の俺では考えられないほどの服の量。

お洒落《しやれ》になった、とまでは言えないかもしれないが、光のおかげで身だしなみに気を遣えるようになった。

ファッションに疎くても、シンプルな服を着ていればとりあえず間違いない。今日もその選考基準で着ていく服を選ぶ。

今日はどうやら縁司が密着取材のお礼をしてくれるらしく、ちょっと背伸びした店を予約しているみたいだ。

つまりは、あまりカジュアルな服装で行くと浮くことになるだろう。

だったら今日の服は……、これだな。

いつもよりフォーマルな服を手に取り、着替える。

いつもよりフォーマルとは言いつつも、よく考えればいつもと同じシンプルな服装になってしまった。

黒のシャツに、黒のスラックス。半袖はまずいか、せめて靴はスニーカーではなく革靴にしよう。

あまり履き慣れていなくて足が痛くなりそうではあるが、仕方ない。

次は洗面所に行き、寝癖を直すところから始める。

ワックスを付けてキめたいところではあるが、生憎《あいにく》俺にヘアセットの技術なんてない。

寝癖さえなければ及第点だ。

「よし、行くか」

約束の時間より少し早いが、バス停に向かった。

そういえば縁司は同じアパートなのに一緒に行かないのかと思って連絡すると、『今インターン先に居て、直接行くから後で合流しよ！』と連絡が返ってきたので、一人で三ノ宮駅に向かった。

この時には縁司がどういう奴《やつ》だったのか、俺の理解が足りなかった。

三ノ宮駅中央口前のセボンイレボン。

誰かと会う約束でここを使うのも、もう何度目だろうか。

大体最初に着いているのは俺の方で、約束の時間まで余裕がある時はどこかで時間を潰す。

　今日も当たり前のように早く着いてしまい、センタープラザにあるカプセルトイ専門店に行った。

　そこで手に入れた「ふてこねこ」というシリーズのストラップの耳がポケットの中で俺の太ももに刺さってくる。

　俺に似ている太々《ふてぶて》しい顔立ちだけでは飽き足らず、色んな方向からイライラさせてくる奴だ。

　なんでこんなのに五〇〇円も使ってしまったんだろう。……ふてこねこファンの心さんに叱られるかな。

　約束の時間まであと一〇分。今日は特に着くのが早すぎたなと、自分の計画力のなさを痛感する。

　縁司は時間を守るタイプだったかな、もう来るかな、と考えていると、ちょうど縁司からＬＩＮＥが届いた。

「は……？」

　目を疑った。そもそも今日は縁司が密着に協力した俺と心さんにお礼するために呼び出したんだから。

だから店の予約も縁司がしたはずだし、縁司がいないと意味がない。

なのに——。

『今日は楽しんでね』

と、縁司が来ないとも取れる伝え方で。

『縁司、来ないのか？』

『もうすぐわかるんじゃないかな』

なんだそれ、どういうことだ、じゃあ心さんと二人なのか、そう俺がテンパっていると、正面から声をかけられる。

「翔」

視線を上げて、そこに居た人物を見て俺の中の時間が止まったように感じた。

「……よっ。久しぶり」

「…………」

数秒の静止の後、遅れてこれが夢ではないことを理解した。同時に、縁司と心さんの企《たくら》みだとも。

「光……？」

「そんなの、見ればわかるでしょ？　やめてよね、幽霊でも見たみたいな反応するの。私、生きてるから」

視線を俺から逸《そ》らしたまま話す光。その態度からは緊張が伝わってくる。それは俺も同じなわけだが……。

「いや、だってさ……」

「この通り、もう引きこもりではありませんので。……それでね、翔」

今度は真《ま》っ直《す》ぐに俺の目を見つめて、頬《ほお》を赤く染めながら言う。

「今日は、……私とデートしてほしい」

デートという単語を光の口から聞くのは、随分久しぶりだった。そのせいか、俺は夢でも見ているのかと考えてしまう。だって、こうして顔を合わせることだって、久しぶりなんだから。

前に扉越しに話してから、一か月が経《た》っている。

あんな最後だったから、余計に緊張してしまう。でも、こうしてここに来てくれて、デートしてほしいと言ってくれているんだ。光は恥ずかしい感情に耐えて、本当の気持ちを伝えてくれている。

俺だって、今ならそれができるはずだ。

「しよう。うん。……デート。うん、しよう」

「……あり、がと」

本当は、嬉《うれ》しくてなんでもいいから大きい声で叫びたい気分だった。実際に叫ぶわけにもいかないから、その気持ちを必死に抑え込んで、その代わりに自然と上がった口角とセットで、この言葉を伝えよう。

「また会えて、嬉しいよ」

そう伝えると、光は一瞬驚いたように俺を見て、すぐに微笑んだ。

「……私も、同じ気持ち」

そのたった一つのやりとりで、相手の気持ちを察したのは、俺だけじゃないだろう。今までは何もわからなかった光の気持ちが、全て伝わってくる。

それはお互いが気持ちを隠すことをやめたからなんじゃないか。

その代償に、以前までとは違う照れくささが襲ってくる。でもその照れくささを隠すことはせず、お互いに緊張していることがまるわかりな状態で。

「縁司くんから伝言。密着のお礼は後日で、今日は二人で楽しんでって」

縁司と光が裏で話を合わせていたのか？

多分、実際に計画をしたのは心さんだろうか。光自身がこうしてくれと頼んだのか、心さんからこうしないかと提案したのかは定かではないが、どちらにしても今ここにこうして来てくれているということは、光は俺と同じ気持ちでいてくれている、そう考えても良《い》いんだよな？

その気持ちをわざわざここで確認するのは野暮《やぼ》だと思ったから、何も聞かないことにした。

その代わりに、いつものあれを聞いておかないといけない。

「えっと……、とりあえず、昼飯行くか……？」

「そうしたいんだけど、実はお願いがあって……」

俺たちらしくない空気感。

緊張しているはずなのに、なぜか心地良いと感じる空気。まるで付き合う前のようで、懐かしい気持ちになる。

一度無くしてしまったこの時間だからこそ、その大切さや儚《はかな》さを今はよく知っている。だから、もう無くしてしまわないようにしようと誓いながらも、大事に噛《か》みしめて。

「お願い？」

光は少し大きめの鞄《かばん》から、布の巾着を取り出して。

「お弁当、作ってきたの……。よかったら一緒に食べない？」

最後に光のお弁当を食べたのはいつだっただろうか。

高校時代は、付き合ってから平日はほぼ毎日作ってきてくれたが、高校を卒業してからは記憶にある限り、二人で大きな公園に行った時だったはずだ。

あれは、春だったかな。桜の木の下で食べたことはぼんやり憶《おぼ》えている。記憶が曖昧なのはきっと光の料理による後遺症だろう。

「ありがとう。じゃあ、どっか座れる場所探すか」

また記憶を無くしてしまう可能性はあるが、せっかく作ってきてくれたことだし、久しぶりにアレを味わうのも悪くない。高校三年間で一番多く食べた物だから、俺にとっての青春の味と言える。

久しぶりだけど、生きて帰れるかな。

三ノ宮駅周辺に公園はほとんどなく、少し離れたところにある東遊園地に向かった。遊園地とは言っても、実際は公園しかない。

まるで付き合っていた頃の記憶をなぞるように、二人で何度か行ったその公園への道を歩く。

公園に着くといくつかあるベンチの一つに腰掛けて、光が持ってきた巾着を膝に乗せた。

さあ、覚悟を決めるんだ。

あの頃はほぼ毎日食べていたから耐性ができていたが、今はどうだろうか。

最後に食べてから一年以上経つわけだし、ただでは済まないのはたしかだ。

「安心してよ」

「え？　なにが？」

俺が光のお弁当に怯《おび》えているのを察したのか、光がそう言ってくる。いくら光のお弁当が料理とは言えないナニカだとしても、この態度が表に出てしまっているのは失礼だ。隠さないと。

とは言っても、俺はお弁当を食べることを嫌々了承したわけではない。普通に楽しみにしている。

だって、久しぶりに光が俺のために作ってくれたんだから。そんなの、嬉しいに決まっている。

「私ね、翔と会わない間に、心ちゃんに料理を教えてもらったの」

「心さんに……？」

「うん。心ちゃん教えるの凄《すご》く上手で、ほら、私のお母さん感覚派って感じでしょ？　大体でいいのよとか、目分量も適当だし、塩って書いてるケースに砂糖入ってるしで色々ぐちゃぐちゃなの。だから、調味料の味と見分け方から教えてくれたの。おかげで私、料理できるようになったの」

にわかには信じがたいが、光のお母さんが大雑把《おおざつぱ》なのは事実だし、心さんなら根本から見直しそうなのも納得できる。

「何度か心ちゃんに味見してもらって、美味《おい》しいって言ってくれたし！」

「ほっ……、なら安心だな」

「ちょっと、なんで私は信用できないのよ」

「だって光、毒使いだし」

「てめーおい」

「ははは、冗談だよ」

「ふふっ、わかってる」

少し緊張が解《ほぐ》れてきたところで、いよいよ巾着からお弁当がご登場だ。

お弁当箱は高校時代から光が使っていたもので、透明の蓋の上から中身が見えていた。

そこから見る限りでは、昔食べていた黒い卵焼きは見当たらないし、米はべちゃべちゃじゃない。

「普通に美味《うま》そうにしか見えないな……」

「美味そうじゃなくて美味しいから。食ってみな、飛ぶぞ」

自信満々に人差し指を空に向けた光が、なんだか子供っぽくて可愛《かわい》い。

「じゃあ、いただきます」

割り箸を不細工な形に割って、少し使いづらさを感じながらもまずは茹《ゆ》でるだけで不味《まず》くなるはずがないブロッコリーを選んだ。

不味くなるはずがないのに、なぜか以前の光のブロッコリーは不味かった。どういうわけだかわからないが、酸っぱかったのだ。まじで意味わかんなくて、飛ぶぜ？

「うん、美味いな……」

「そんな恐る恐る食べなくても大丈夫だって！　そもそもブロッコリーは茹でただけなんだし！」

その茹でるだけができていなかった人が何を言ってるんですか？

ブロッコリーは普通にマヨネーズをつけて食べたから、マヨネーズの味だった。食感も普通だし、当たり前だが酸っぱくもない。

これは本当に料理下手という光のアイデンティティが失われたのかもしれない。そんなアイデンティティなら要らないけどね。

「ほら、本命の卵焼き！」

今更やっぱり恐《こわ》くなってきた。でも、ここで食べないなんて言えば会わない間に練習してきたという光の努力を無駄にしてしまう。それはしたくない。

固唾《かたず》を呑《の》んで、卵焼きに箸をつける。

「ちょっと深呼吸だけさせてくれ。ひっひっふー」

「そろそろ怒るよ」

「はいごめんなさい」

見た目は普通に綺麗《きれい》だと思う。

味はどうあれ卵焼きは綺麗に巻くのが難しいのは、一人暮らしを経験した今の俺は知っている。

なんなら俺だって何度か挑戦したが、一向に上手《うま》くできるビジョンが見えなくて諦めたんだから。

そんな初心者潰しな卵焼きを、ここまで綺麗に巻けているんだから、味もある程度保証されていると思っていいだろう。

口の中に入る前に、出汁《だし》の良い香りがした。ああ、これちゃんと美味いやつだ。味わう前に風味でわかる。

「どう……？」

自信はありそうな光だったが、どうやら心配ではあるようだ。でも、心さんからも美味しいと言われているのならそんなに心配する必要もないだろう。

だって、実際美味しいわけだし。

「これめっちゃ美味いよ。俺が好きなしょっぱい卵焼きだし」

「ほんとっ!? 良かった〜。卵焼きが一番不安だったの。他のは昨日の晩ご飯の残りで、家族も美味しいって言ってたから大丈夫だと思う」

「え、晩ご飯も光が作ってるのか？」

そもそも、光の両親がそれを許したのか。あんなに殺傷能力のある料理を食卓に並べてもいいと、許可をしたということか。

「うん。言ったでしょ、心ちゃんに教えてもらったって。もう前までの私とは違うんだからね」

光が昨日の残りだと言ったのはおそらくきんぴらごぼうと唐揚げのことだろう。

唐揚げもよくある冷凍のヤツではなく、ちゃんと揚げて作ったヤツっぽいし。

きんぴらごぼうなんて、一人暮らしをしている俺でも作ったこともないし、そもそも作り方すらわからない。

そんなものを光が……。ちょっと泣きそうだ。

「なんで料理を勉強しようと思ったんだ？」

「色々理由はあるけど、一番は……、翔に美味しいって言わせてやろうと思って」

光は歯を見せて笑い、少し照れ臭そうにしている。

「翔はいつも全部残さず食べてくれてたけど、本当は嫌だったんじゃないかなって考えちゃって。だから料理はしない方がいいのかなって思ったりもしたんだけど、そうじゃないなって思って」

「別に、嫌ではなかったよ。作ってきてくれるのは嬉《うれ》しかったし」

「翔はあんなお弁当でも喜んでくれるよね。でもね、私は翔の方から作ってほしいって言ってくれるようなお弁当を作りたかった。だから、今度はそう言ってもらえるようにって頑張ったの」

「こんなに美味いなら、毎日でも食べたいって思うよ。もちろん、高校時代も思ってたけどさ」

「私が料理を練習して、お母さんもお父さんも美味しいって嬉しそうに食べてくれたんだよね。それが凄く嬉しくてさ。だから今では料理が趣味になっちゃって」

「良い趣味だな。元々知識がないだけでセンスはあったんじゃないか？　俺、練習しても卵焼き綺麗に作れなかったし」

「ふーん、じゃあ翔は私より料理下手なんだ」

「なんだこいつ褒めたらこれかよ」

光は楽しそうに腹を抱えて笑い、俺はそれを見て自然と笑みが零《こぼ》れた。そんな幸せな時間が久しぶりで、嬉しいような、恥ずかしいような。

お弁当は無事生きて完食できて、一つのお弁当を二人で分けたこともあるがどうやら光は全然足りないらしく。

「いつものカフェ行かない？」

「そうだな、俺はいっぱい食べたからデザートだけにしとく。その後はどこか行くところあるのか？」

今日のこのデートは俺以外の三人が計画したものだろうから、どこか行くところを決めているかもしれない。本来なら俺の方から提案した方がいいのだろうが、正直何も思いつかなかった。

俺はただ、光と一緒に居るだけでよかったから。

「今日は行くところいっぱいあるよ。翔はついてきてくれればいいから」

「了解しました」

いつもの駅近の森のようなカフェ。光はオムライスを注文して、俺はお弁当でそこそこ腹が膨れていたからチーズケーキだけにしておいた。でも、光は俺のチーズケーキを見て我慢できなくなったのだろう、店員さんを呼んで申し訳なさそうに俺と同じチーズケーキも追加で注文していた。

申し訳ないと感じているのは、店員さんにではなく、自分の胃袋にだろうな。

食べながら「ごめんなさい」とぼやいていた。どうせ太らないくせに。

カフェの次に向かったのは、付き合っていた頃にも訪れたことのある場所だった。

安さの殿堂、ドンキポーテ。

一階の食品売り場は素通りで、二階に上がる。

二階で買いもしない柔軟剤のテスターを嗅いだ光は、「これは違うわね」と、昔と変わらない偉そうな感想で文句をつけた。

三階に上がるとコスプレ衣装があって、昔ここで光にバニーガールのコスプレを着せられそうになったことを思い出して、それとなくバニーガールが光の目に入らないように背中で隠しておいた。

それでも光は、あの時と変わらない笑顔でどこかからメイドのコスプレ衣装を持ってきて言うんだ。

「ねぇこれ着てみてよ」

と、俺が着たところを勝手に想像して笑いを堪《こら》えきれない様子だった。俺が着ることで喜ぶのは光と縁司くらいだろう。

FREE
Size
PrettyMaid
コスプレ用メイド

きっと縁司はその俺を撮ってバイト先のグループLINEに貼り付けてくる。アイツはそういう奴《やつ》だ。

四階に上がれば高級ブランド品ばかりがショーケースに入っていて、とても俺たちみたいな貧乏大学生が立ち入れる雰囲気ではない。

一度二人で入ったことがあるから、光ももう理解しているんだろう。これ以上は上に行く気はないらしい。

ドンキポーテを出てしばらく歩くと、恋愛成就で有名な生田《いくた》神社がある。

付き合っている時は毎年の初詣で、大学受験前にも訪れたことのある生田神社だが、ここを訪れた俺たちは恋愛成就で有名な神社だというのに、大学には受かって破局した。

けれど今ではこうしてまた二人で来れているわけだし、奇跡みたいな再会もしている。

もしかしたら、恋愛の神様は本当に居るのかもしれない。

「次は北野坂《きたのざか》で登山ね」

「目的地は？」

「特になし！」

お洒落《しゃれ》の街神戸、その象徴の一つとも言えるお洒落なカフェや建物がいくつもあるのが、北野坂。

下手すりゃ富士山並みの高難易度登山になる、とんでも坂だ。

八月ももう終わろうとしているが、まだ全然暑い。富士山並みはさすがに冗談だが、こんな時期に北野坂を登るなら命の危険すらある。それは神戸市民なら誰もが理解していること。

どうせ昔みたいに、登ると言い出すのは光なのに、途中でもう無理とか言い始めるんだよきっと。

「もう無理〜、おんぶして〜」

「ほらこうなる……」

つーか特に行きたい場所もないのにこの時期北野坂はバカだろ。

北野坂から下山してきた俺たちは、一休みしようと光のバイト先でもあるスタベに入った。

俺はいつしか心さんが飲んでいたマッチョの平手ホチーノ……、ではなく、抹茶のフラポチーノを選んだ。

光はさすがスタベ店員といったところか、エスプレッソアフォガードフラポチーノになんかよくわからんカスタムを加えていた。

そもそもエスプレッソアフォガードフラポチーノという商品名すらメニューを見ながら

じゃないと言えない。

「カスタム、何にしたんだ？」

「チョコチップとキャラメルソース追加！　これがいっちばん美味《おい》しいんだから〜」

「ふーん、今度飲んでみよ」

「別に私のあげるわよ。……一口だけなら」

「そんなに渋々なら遠慮しちゃうだろ……」

どうやらバイトには少し前から復帰していたらしく、以前俺が光のことで少しだけ話した工藤《くどう》さんとカウンターで楽しそうに話していた。バイト先でもあのコミュ力なんだな、羨ましい。

あの時、光と心さんの間で何があったのかは知らないが、心さんが俺には言えないと言っていたことから察することはできる。

光にとっても、心さんにとっても、辛《つら》いことだったはずだ。

その原因になっている俺は、何もわかっていなかったんだな……。

スタベで三〇分ほど過ごした後、光に連れられて駅に戻ってきた。そこから電車に乗って着いた場所は、俺と光の母校の最寄り駅である長田《ながた》駅。

長田駅近くのコンビニ、ファミリーマーケット。そのイートインでは何度か光と宿題をしたりしたなと、懐かしい気持ちになる。

ファミリーマーケットを出てすぐ隣にある粉もん屋で下校中にたこ焼きを買って、少し学校側に戻った場所にある公園で食べる。それが一時期俺たち二人の間でブームになり、週三でたこ焼きを食べていた。

「なに、高校行くのか？」

「それもいいけど、卒業生がいきなり行くのも良くないだろうし、また今度連絡してからにしよ」

「まあ、そうだよな」

たしか縁司は楓《ふう》さんと一緒に母校に入ったと言っていたな。あいつらいつ付き合うんだろうか。

「今日は普通にこの辺りを散歩します」

「了解しました」

もう、なんとなく光の考えていることがわかってきていた。

まるで、あの頃をやり直すかのように、俺たちの過去をなぞるように、一緒に行った場所、通った道に来て、その度にそこであった思い出話をする。

そんな思い出に溢《あふ》れた道や場所に行くたびに、思うことがあった。

光と別れてからの一年は、毎日が退屈で、一日が長く感じていた。長く感じる理由は、きっと嫌で、辛いことだから。

俺は光がいないことで、人生を退屈だと思うようになったから。

もう二度と二人で歩くことはないと思っていたなんの変哲もないただの道も、次は他の誰かと来るのかなとか考えていたお店も、またこうして二人で来れるようになるとは思わなかった。

光と再会できたあの日、もしかしたらやり直せるかもしれないと、少しは考えた。でも、そのために乗り越えなければいけない壁が多すぎたから、何度も諦めた方がいい、これっきりにしようって思って、けれどやっぱり自分の気持ちに嘘《うそ》を吐《つ》くことはできなくて、縁司と心さんのおかげで変われて、そして、今二人でこうして歩けている。

「あの喫茶店、よく行ったよね」

「あのバカみたいにデカいカツサンドな。よく夕食前にあんなの食えるよな光」

「あれくらい楽勝でしょ。翔が食べなさすぎるだけじゃない？」

「んなわけねーだろ。あれだけで東京ドーム何個分だよ」

「一個分もないからね⁉」

俺の言った冗談を本気にしたフリをして驚きながらツッコミを入れてくれる。そうそう、あの頃もこんな感じだったよな。

「翔だって普通のより大きいサイズのコーヒー頼んでたじゃん。あれこそ東京ドーム何個分の増量してんのって感じだったけど？」

時には光がボケて。

「さすがにドームはないけど、あのコーヒー一杯で豆五キロ使ってるらしいぞ」

「は⁉　正気なの⁉」

「嘘だよ。信じるなよ」

俺が適当な嘘でボケ返す。

純粋な光は明らかな嘘にも騙《だま》されて赤面してしまい、後に俺をポカポカと弱すぎるパンチで攻撃してくる。

そんな流れは、昔と変わらず残っていて。

「ムカつく！」

「ごめんって。ははっ」

一緒に行った場所や、通った道だけじゃない。

あの頃のような会話とスキンシップ。一年以上してこなかったそんな時間を取り戻すように、俺たちはそうしていた。

光が一歩前を歩いて、行き先を聞いていない俺はその後ろに続く。

それでも、次に向かうところはなんとなく予想ができていた。

高校には行かないと言っていたし、あの頃学校帰りに立ち寄った場所はある程度周りきって、まだ行っていない場所を考えると、あの場所しかなかった。

別に喉が渇いていたわけではないが、あの場所に行くのなら、その前に自販機で炭酸ジュースを買っておきたかった。

あの頃をなぞるように過ごしているこの時間、あの頃を再現するのなら、あの自販機で買う炭酸ジュースはマストだと考えた。

何も言わなくても、光も同じことを考えていたらしい。

光の足はその自販機に向いて進む。

「ちょっとラインナップ変わってるわね。何にする？」

「じゃあ俺はこれにするよ」

この自販機には、昔から変わらずコーラが二種類ある。

一つは一番シンプルな赤いラベルのペットボトルタイプ。今は一〇円値上がりしているが、昔はこれが一五〇円だった。

そして、もう一種類のコーラは青いラベルの缶タイプ。こちらは一三〇円で容量もペットボトルタイプと同じ五〇〇ミリリットルということで、少し安かった。

高校生の頃はバイトをしていなかったし、この少しの差が積み重なって大きな出費になると言いながらこちらの缶タイプを選んでいた。

実際にはもう一つ理由があった。

「缶にするんだ？　もうバイトしてるし、ペットボトルの方がいいんじゃない？」

たしかに、五〇〇ミリリットルもあるコーラを買うなら蓋のあるペットボトルタイプの方が持ち帰れるし良《い》いだろう。

コーラは腹にたまるし、一気に五〇〇ミリリットルも飲むのは結構しんどい。缶なら帰る時電車に持ち込まないといけなくなるから、やはり蓋を閉められるペットボトルタイプの方が良いに決まってる。

なのにペットボトルタイプにしない理由は、少しでも光とここに居る時間を増やそうという恋する男子高校生の小さな足掻《あが》きだった。

飲み干さないと帰れないという言い訳を作って、少しでも一緒に居たい。

自分の気持ちを話すのが苦手な俺なりに考えたやり方だった。

「いいや、これがいいんだ」

「ふーん、じゃあ私もこれにしよ」

「真似《まね》するなよ」

「は？　調子乗んな、私が先に買おうと思ってたし」

「俺と同じやつ買おうって先に決めてたんだな？」

「ムーカーつーく！」

「痛い痛い、ごめんって」

自販機前で何発か殴られてから、俺は光の一歩前を歩き、目の前にある目的地に入っていく。

それはただの公園。遊具のない、数本の背が高い木といくつかの石のベンチだけしかない公園。

「ここも久しぶりだね」

「そうだな。高校卒業以来じゃね？」

「そうかも。まあ別になにかあるわけでもないしね。椅子と木だけだし」

「たしかに、ここに来ようってわざわざ電車乗ってくるのは俺らだけだろ。通り道にちょっと休むくらいしかこの辺の人でも使わないだろうし」

「もしくは、好きな人とできるだけ長く居たいからって自販機で缶ジュース買う高校生くらいかな」

「……ははっ、お見通しだったか」

「私もそうだったからね」

「え……」

「なによ……」

なんだろう、この感じ。居心地がいいはずなのに、心臓が高速で動き続けて苦しさも感じる、複雑な心情だ。

でも、嫌いじゃない。むしろ好きだ。

「今日来たのはね、翔と話さないといけないことがあったからなの」

ここに来て、ようやく本題に触れる。

ずっとどのタイミングで切り出そうかと考えてはいたが、光の方からその話を振ってくるとは思っていなかったな。

俺も正直、言うならこの場所だとは思っていた。

俺たちの一度目は、ここから始まったんだ。再スタートするなら、せっかく来たことだしこの場所がいい。

「俺も、光に話したいことがある」

「多分同じ話、だよね」

「だといいな」

辺りには人通りはなく、聞こえるのはセミの鳴き声と、すぐ後ろに流れる川の音。

たしかあの日も、今みたいなオレンジ色の夕陽《ゆうひ》が木漏れ日となって俺たち周囲を照らしていた。

「俺さ、光と別れてから一年、ずっと後悔してたんだ」

もう、何も隠す必要はない。

思ったことを、思っていたことを、包み隠さずすべて打ち明けてしまおう。

それが、あの頃の俺にはできなかったことで、光と別れることになった原因の一つでもあるんだから。

あの頃とは違う俺で、今の光と再スタートしたい。

「毎日毎日、あの時すぐに謝っておけばって、何回も後悔してた」

「……うん」

光は俺の話に相槌《あいづち》だけで反応して、自らは話そうとしない。それはきっと、俺が自分の考えを全て話したいという意志を汲《く》み取ってくれたからだ。

「光が今どんな生活をしてるのか、どんな友達とどんなことをしてるのか、新しい恋愛に向き合ってるのか、体調崩したりしてないか、大学で仲の良い友達はできたのかって、ただの元カレなのに、親みたいに何かと心配してさ。なんかバカみたいだよな」

「そんなことない。私も、同じこと考えてたから」

光は俺の左手を握って微笑《ほほえ》んだ。

沢山歩いて汗をかいたはずなのに、光の手はすべすべで温かい。長い間触れていなかった手。

あの頃と同じ、優しい感触。

言葉や態度では俺たちが表現できない本当の気持ちも、こうして手を握ることで簡単に伝わる。

慈愛に満ちた気持ちが、伝わってくる。

何も言わなくたって、これ一つで全て理解できる。喧嘩《けんか》したときは、こうすれば良かったのかもしれないな。

「別れてから一年が経《た》って、もうその頃には復縁なんてできないし、できたとしてもきっと上手《うま》くいかないだろうなって、どんな態度で接すればいいのかわからないし、無理だろうなって。でも、本音ではずっとやり直したいって思ってたんだろうなって」

「翔は自分の気持ちにも鈍感だもんね」

「そうかな……？　まあでも、鈍感なせいでこんなに時間がかかっちゃってるわけだもん

な」

「そうだよ。私は一か月前くらいには自分の気持ちに気付いたからね」

「光もそんなに変わんねぇんじゃねぇの？」

「翔よりは人の気持ちに敏感です〜」

舌を出してバカにしてくる。こういう一見憎たらしいところも好きだったな。

「自分の気持ちに気付いたからって、光ともう一度付き合ったとしてもきっと上手くいかないだろうとは思ってたよ。昔と変わらない俺ならきっと同じような理由で別れることになる。意地張って、本当の気持ちを伝えられなくて、誤解されて。だから、それを克服して、成長できたとき、光に伝えたいって思ってたんだ」

「翔はさ、自分が思ってるよりも素敵な人だよ」

「……なんだよ、急に」

「急じゃない。ずっと思ってたことだから。翔は自己評価低めだったけどさ、私は最初謙遜してるのかなって思ってたし」

「いやいや、本心から俺は大したことない人間だって思ってるよ。目付き悪くて口も悪くて、愛想もないし、光みたいに誰とでも仲良くできるタイプじゃない。心さんみたいに何か目標があって努力できる人間じゃない。縁司みたいに誰かに尽くすこともできない。俺は大した人間じゃ……」

「あのさぁ」

「……？」

「私が好きになった人をそんなに卑下しないでくれる？」

心さんも同じようなことを言ってくれたな。俺はやっぱり、周囲の人間に恵まれすぎている。

空いている手の平を天に向けて、呆《あき》れたようにポーズをとってみせた光は、ため息の後にクスっと笑い。

「まあ、今もなんだけどね」

「なんだよ、何も隠さないんだな」

「隠す必要ないでしょ？　何も隠さない関係って素敵じゃない？」

「そうだな。俺も、何も隠したくない」

「じゃあ、そろそろ言ってもらってもいい？　私、ずっと待ってるんだけど？」

何を言えばいいのかなんてわかっている。自信満々に、緊張している素振りなんて一切見せない光だが、握った手は震えていて、ちゃんとお互いに緊張しているんだな、と笑みが零《こぼ》れた。

「そりゃあ悪かったな」

「ほら、早く」

「……あー、うん。なんかあれだな。わかりきってる状態だと、余計に言いづらいな？

ちょっと一旦話変えね？」

「逃げるな」

「はい……。ふう……」

光は前屈《まえかが》みになっていた態勢を起こして、背筋はいつの間にか伸びきっている。緊張してるな、と見ればすぐにわかる有様だ。

かく言う俺も、同じ状態なわけで、もうお互い同じ相手に二度目となるのに緊張しすぎではないだろうか。

「あ、人来た」

「むぅ……」

主婦っぽい女性が三人、俺たちの前を通り過ぎていく。

俺たちはその間、黙って遠くを見つめていたり、自分の爪を見ていたり。

その女性たちも、俺たちの繋《つな》がれた手を見て、尋常ではない緊張感を感じ取って、そそくさと離れてくれる。

「ほら、いなくなったよ」

「わかってるから、急《せ》かすなよ……」

「何よその言い方！　せっかく言いやすいようにしてあげてるんだから！」

「それが言いにくい状況を作ってんだよ！　わかれよ！」

「あーはいはい、私の気遣いは迷惑でしたね！　ごめんなさい！」

「迷惑だとは言ってねーよ！　お節介というか、あれだよあれ！」

「どれよ！」

「あれだって言ってんだろ！」

「……」

なんで、こんな時に喧嘩してるんだろうな、俺たち。

「ふふふっ、あはははっ」

「笑うなよ……」

「だって、この二人は今から付き合うんだぞって雰囲気なのに、喧嘩始まっちゃうんだもん！」

喧嘩しても、今の俺たちなら平気だ。喧嘩の最中も、俺の左手が光の右手に握られたままだったのが、その証拠だ。

「きっと今の俺たちなら、大丈夫だ」

「……そうね。というか、今の私はきっと翔にしか上手く付き合っていけないんじゃないかな」

「俺も、光じゃないとダメっぽい」

「それって、好きってことと？　ねえ、そうだよね？　口に出さなきゃわかんないな、私鈍感だから」

「さっき鈍感じゃないって言ってたじゃねぇか……」

嬉《うれ》しそうに笑った後、光は真《ま》っ直《す》ぐに俺を見つめて。

「私は翔のこと、好きだよ」

先に言われてしまった。

「…………俺も、好き」

じゃあ、もう決まっているよな。

あとは、あれを言うだけだ。それで、俺たちは再スタートできるんだ。

男らしく、スマートに、一言にまとめて言おう。

口下手な俺だけど、たった一言なら、大したことはない。

恥ずかしいのは今だけだ。

「……付き合うか？」

と意気込んだわりにあの時と同じように、疑問形の告白。

俺が自分の情けなさに失望してしまったように、光も失望してしまわないか心配していた。でも——。

「……そうする？」

あの時と同じように、疑問に疑問を返す形で。

俺たちは、再スタートした。

エピローグ　コネクト

マッチングアプリで元恋人に再会した。

一年ぶりに再会した彼・カケルと私・アカリは、犬猿の仲という言葉が最もしっくりくる関係で、会えば必ず喧嘩が始まる。

そんなカケルの他に、もう一人マッチングアプリでマッチした男性・エンジ。

エンジくんは誰が見たって口を揃《そろ》えてイケメンだと言う容姿をしていて、女心もよくわかっている。

そんな人が、私に可愛《かわい》いと言ってくれて、脈があるとしか思えないような行動を沢山してくれる。

だったら、エンジくんを選べばいいのに、私はどうしてもエンジくんを選ぶことができずにいた。

その理由は多分、まだ私はあの忌々しい元カレのことが好きだから。

カケルとは再会してから、カケルが間違えて持って帰ってしまった私の傘を返す約束をして会ったり、偶然駅で会ったり、なぜか縁が切れることがない。

そうやってカケルと何度か会うたびに、私は彼のことが今でも好きなのではと自覚し始めた。でも、気付くのが遅かった。

カケルはマッチングアプリで知り合った女性・ココロちゃんと仲良さそうで、ココロちゃんはトップアイドルと見比べても遜色ないほどに可愛い。

私があんなに可愛い子に勝てるわけがない。

ココロちゃんとは、カケルを通じて仲良くなってしまった。

本当に優しい子で、接する度にやっぱり私じゃ敵《かな》わないと悲観的になってしまうような子。

それに、もし仮に私がカケルと結ばれれば、ココロちゃんは悲しい思いをするんだと思ってしまうと、気が引けた。

私はもう、カケルに近づくべきではない。

エンジくんを選べば、きっと幸せにしてくれる。自慢の彼氏になってくれる。

だから、カケルのことはココロちゃんに任せてしまおう。

「本当の気持ちを言ってよ」

私がカケルから身を引こうとしたことに気付いたココロちゃんは、お互いに好きな人を諦めるのはやめようと、どちらかが選ばれるまで戦うことを提案してくる。

それが余計に、ココロちゃんを悲しませたくない気持ちを強めた。

「私に勝てると思ってるの？　だから身を引いたんだよね？　自惚《うぬぼ》れないでもらえる？　アンタなんかが私に勝てるわけないじゃん」

ココロちゃんは豹変《ひょうへん》した。でも、どうしてもそれが本心だとは思えなかった。

あんなに素直で良《い》い子が、こんなこと言うなんて考えられなくて。

だとすれば、そこまでしてココロちゃんは、私に身を引いてほしくないということでもある。

私は、本当に後悔しないだろうか。そう考え始めると、涙が出た。

私は、他の誰かと結ばれるカケルを見ていられない。

そう自覚したときにはもう、カケルに連絡していた。

後で知った話だけれど、ココロちゃんは私を挑発することで、悪女になりきり私を焚《た》きつけたらしい。

本人の名誉挽回《ばんかい》のためだから、と妹のテンちゃんが教えてくれた。

やっぱり、私が思った通り。あんなに良い子は他に知らない。

知ってしまったからこそ、その思いを踏みにじるわけにはいかない。私は恥をかこうが、カケルにふられようが、必ず思いを伝える。

後悔が残らないようにしよう。せっかく再会できたんだから。

＊

異常に広いトイレのバカみたいにデカい鏡と睨《にら》み合いながら、大学の卒業式以来結ぶことがなかったネクタイの結び方がわからなくて一人で奮闘していた。

慣れていないのはネクタイだけではない。

スーツがそもそも着慣れていなくて、少し腰回りがきつく感じる。

「太ったか……？」

肩回りも窮屈だし、さっさと脱ぎたい。

いつもはかなりラフな服装で仕事しているから、こういう時にはまず、ネクタイの結び方を調べるところから始まる。

画像付きの記事をインターネットで見ながらやってみたが、理解力が無さすぎてどうしても上手《うま》くいかない。

仕方ない、誰かに聞こう。

好都合なことに今日はスーツの人間しかいないから、みんな知っているだろう。

でもそんな中、二〇代後半にもなってネクタイの結び方がわからないって結構恥ずかしいな。

どうしよう、聞くのやめようかな。でも結べないと困るしな……。

とりあえずネクタイをいじりながらトイレから出ると、田中《たなか》と遭遇する。

「先輩、ネクタイ曲がってますよ。……というかそれちゃんと結べてますか？　結び目が変ですよ」

「いや、なんかよくわかんなくてさ。どうやってすんのこれ」

「はぁ……、本当にアラサーですか？」

「やめろ、言うな」

二つ年下の田中は今年で二四歳になる。つまり俺は、二六歳になった。

田中は嫌そうに俺のネクタイに手を伸ばし、結び方を教えながら結んでくれる。教えてもらっても今後結ぶことはほとんどないだろうから、その度にわからなくなって調べることになるだろうけど。

「ほら、職業柄ネクタイなんて結ばないからさ」

「言い訳しないでください。ネクタイの結び方なんて一般常識です。いい歳《とし》してだらしないですよ」

「田中はいつも結んでるからだろ。俺は私服にエプロンだけだからな」

「編集者なんて大体私服で出勤してますよ。私はいつもお姉ちゃんの着ていたパーカーやスウェットを拝借してお姉ちゃんの匂いを嗅ぎながら仕事してます」

「いや、そこまでいくとシスコンというよりストーカーだぞ自重しろ変態」

「……。そっ、そもそも！　そんなに着なくてもネクタイの結び方くらい知ってます。アラサーになっても結べない先輩と一緒にしないでください」

「ほんっと毒舌だな。できればアラサーってそんなに言わないでくれる？　普通に現実受け入れられないいんだわ」

「元々老け顔だしいいんじゃないですか？　今日は珍しく髭剃《ひげそ》ってるみたいですけど、髭ないところ久しぶりに見てちょっと誰かわかんなかったです。危うく髭の方が本体かと思うところでした」

「髭似合うってけっこう褒められるんだけどな……」

「でも、ルールがないからといって髭を生やしっぱなしにするのは良くないと思います。身だしなみをきちんとしていないと、嫌われますよ」

「誰に」

「人類」

「範囲広くね？」

「私は汚い人嫌いです」

「はいすみません、明日から毎日剃ります」

田中に散々言われながら歩いていくと、ノブに金色の装飾が施されている大きな扉が見えてくる。

「そろそろ始まるらしいので、座ってなきゃメッ！　ですよ」

「子供じゃねぇんだわ。つーか心《しん》さんは？　まだ来てないみたいだけど」

田中は小ぶりの腕時計を確認して、入り口の方を振り向いた。

「来ました。時間通りです」

「天《そら》～！　ごめん、時間ギリギリになっちゃった……！」

黒くて長い髪を揺らしながら走ってきた心さんは、水色のドレスがよく似合っている。

いつしか二人で試着したときと同じようなフレームの丸眼鏡をかけた心さんは、少し大人っぽくなっている。

あの頃のように俯《うつむ》いていないし、赤面することも、言葉に詰まることも、今では全くないと言っていい。

むしろ、人前に立つ機会が増えたことで、俺なんかよりもよっぽど得意になっているだろう。

「心さん、こんにちは」

「あっ、翔《しょう》くん！　こんにちは！」

大学時代はこんなにハキハキと挨拶されることなんてなかったな。

「さすが、大人気作家さんは忙しそうですね」

「まあ、先輩みたいに暇ではないことは確かです」

「こら天、翔くんだって忙しいんだからね」

「お姉ちゃんほどじゃないよ。原稿、明日でも良かったのに」

「ううん、全部終わらせて、気持ちよく今日を迎えたかったから」

心さんは、少女漫画家になった。

圧倒的な画力と物語のリアリティさで大人気の漫画家だ。

最近実写映画化も決まって、その件と連載の原稿であまり寝れていないと田中から聞いている。

それでも辛《つら》い素振りなんて見せない努力家なところは相変わらずで素敵だ。心さんの仕事しているところを見せてもらったことがあるが、そもそも仕事を楽しんでいるようだったから、どれだけ忙しくても辛くはないのかもしれない。

「心ちゃ────ん!!」

「わわっ……!!」

　心さんを遠くから見つけて飛び掛かってきた人物は、肩甲骨辺りまで伸びた髪をアイロンで巻き、低めの位置でツインテールにしている。ピンクのドレスがよく似合っていて今日も可愛《かわい》い。

「光《ひかり》ちゃん、ツインテール似合うねっ」

「でしょでしょ!?　私もまだまだ若いってことね～」

「その発言がアラサーっぽいぞ」

「黙れ」

　すかさずローキック。高校時代と変わらない、遠慮を一切感じないマジ蹴りで今日も眠気が飛んでいく。毎朝ありがとうございます。

　田中に「先輩もでしょ？」とムカつくことを言われ、光には本気の殺意がこもった視線を向けられる。おっかしいな、俺の人権どっかで落としたかな、人として扱われていない気がする。

「今日はドレスだからいいの。普段ツインテールなんてできないんだから、今日くらいはさせてよ。最後にするし、終わったらちゃんと自首するから……」

別にいくつになってもツインテールして罪に問われることはないんだけどな。

「いいんじゃねぇの、似合ってるし」

「そ、そう……？」

光が照れてクネクネしていると、部屋の外から主役が顔を出す。

「ちょっとちょっと、今日は僕と楓《ふう》ちゃんが主役なんだから、イチャイチャしないでくれる？」

「あれ、お前もうすぐ登場だろ？　準備してなくていいのか？」

「もうばっちりだよ、今は楓ちゃん待ち。ほら、女の子はドレスだからさ？　なんか色々大変なんだよ」

今日は、縁司《えんじ》と楓さんの結婚式だ。

二人は俺と光が復縁したことを報告した次の日に付き合い始めた。まるで、俺たちを待っていたように。

「後でみんなで話そうよ。初音《はつね》さんの話とか、色々聞きたいし！　ほら、一応僕もいるじゃん？　モブだけど」

そう言って化粧室に戻っていった縁司は、後に登場と同時に幸せで大泣きすることになるのだが、この時の俺たちはまだ知らない。

結婚式は無事に終わり、それぞれ参列者たちはタクシーだったり電車だったりで家に帰っていく。俺、光、心さん、田中は、新郎新婦と二次会に来ていた。縁司の要望でどうしてもこのメンバーが良かったらしい。

「それじゃあ聞かせてもらいましょうか」

縁司が悪だくみをするような表情で両手を組んでいる。

全員が何を聞きたいのだろうと首を傾《かし》げていると、縁司は懐から一冊の漫画を取り出して。

「僕だけモブじゃないですか⁉」

あー、そのことね。

「一ノ瀬《いちのせ》くん、『どう描いてくれたって構わない、世界征服を企《たくら》む魔王でも、主人公の恋を邪魔する嫌われ役でも、なんでもいいよ』って言ってましたよ？」

「そこまで悪役になれば記憶にも残るからね！　でもこれじゃあ僕空気じゃん！　居なくてもいい存在になってるじゃん！　僕もっと裏では翔ちゃんのために色々暗躍してたんだからね⁉」

「そうですか？　ヒロインに好意を寄せる負け役イケメンって結構読者には好かれがちで

すけど……」

縁司が悲痛な叫びをあげているのは、心さんの連載作品のことだ。

もうすぐ完結のその作品は、俺と光をモデルにした物語。

俺たちがあの頃使っていたコネクトでのユーザーネームを使っているから、俺たちがモデルになっていると知っているのは極少数だ。

心さんをふったあの砥峰《とのみね》高原で、最後のお願いとして、心さんに頼まれたことだった。

──二人のことを、漫画にさせてもらえませんか？

そうして俺たちの実話を基に描かれた物語なわけだが、もちろん予《あらかじ》め登場人物のモデルになる人物には心さんが許可を取っているはずだ。それでも、縁司はこうしてごねているわけで。

「どう描いてくれたって構わないって言ったのは縁司だろ。今更文句言うなよ、もう世に出ちまってるわけだし、もうすぐ完結なのに今更どうしようもねぇよ」

「そうだけどさ〜……。もっと目立ちたかった……」

「いいじゃん、私なんて元カレの友達の幼馴染《おさななじみ》っていうちょい役だよ〜？　二章以降全然出番ないんだから〜」

楓さんは心さんと関わることなかったたし、しゃーないっちゃあしゃーない。

「お二人ともすみません……」

「「いえいえ、気にしないでください」」

「じゃあ文句言うなよ……」

俺ももちろん、心さんの作品は毎回欠かさず読んでいるし、心さんがくれるけどちゃんと単行本も買っている。でも……、正直読むのは辛い。

少女漫画で、主役の女の子は光がモデル。ということは、俺がその相手として登場するわけだが、俺のビジュアルが王子様すぎるのと恥ずかしいセリフがポンポン出てくるのなんのって、そりゃあもうこれが自分だと思うと恥ずかしすぎて読めたものではない。まあ読んでるんだけど……。

「作中にあったココロの台詞《せりふ》で、アンタなんかが私に勝てるわけないじゃんって、アカリに言ったやつ、モデルになった心さんが言ってるところを想像したら、面白すぎて……。内情を知っているから、というか当事者だったから、なんか恥ずかしくて読みづらいですよ、ははは」

「あんまり言わないでください、恥ずかしいです……」

「先生、僕だけモブじゃないですか？　本名まで使っておいてモブ扱いは酷《ひど》いと思うんですけど？」

「一ノ瀬くんはユーザーネーム本名だったと聞いたので。それに許可はいただきましたよ？」

「そうだけどさ……まあフィクションだしいいけど」

「八割ノンフィクションだけどな」

心さんが描いた漫画は、俺と光の恋愛をモデルにした作品。

その当事者である俺としては、恥ずかしくもあるが正直嬉《うれ》しくもあった。

心さんの漫画のネタにしてもらえるという光栄さもあるし、心さんの助けになれたことも。

俺が心さんにもらったものを思い返せば、返しきれない恩があるから。心さんの役に立ちたい、恩返しがしたい、そう思っていたから。

「光ちゃんは読んでるの〜？」

楓さんがハイボール片手に光の肩を抱く。顔色とふらつき具合から見てそろそろ危ないな、この酔っ払い。

「もちろん読んでるよ。自分がメインヒロインだなんて変な感じだけど、心ちゃんは上手《うま》くフィクションも混ぜて面白く魅せてくれるし、絵もとっても上手だから、ちゃんと楽しめてる」

「でもよく了承したよね〜、私だったら恥ずかしくて無理だわ〜。光栄なことだけどさ〜」

確かに、俺も恥ずかしい気持ちは大きい。

心さんじゃなかったら絶対に了承しなかっただろうし、まさかここまで有名な作品になるなんて思っていなかったから、軽い気持ちで了承したのもある。

心さんの絵は上手だし、物語自体ももちろん面白い。でも俺は普段から少女漫画を読むわけではないから、売れる少女漫画の基準を全く理解できていなくて、心さんが描く漫画が売れるものだとは思っていなかった。

だって俺と光の話だし、そんなの面白いのか、と思ってしまうだろ。でもそれは、当事者の俺だからそう思うのであって、赤の他人から見ればマッチングアプリで元恋人と再会するというのは大事件だろうし、別れた恋人に未練がある人だってかなりいるはずだ。

興味、関心を得るのには良《い》い題材だったのかもしれない。

まあ、俺にとっても最初はマッチングアプリで元恋人と再会するなんて、大事件だったけど。

光は楓さんの問いに、少し間を置いてから微笑《ほほえ》む。

「確かに恥ずかしいけど、親友の漫画にモデルとして使ってもらえるのは嬉しかったからね。それに……、あの時にあったことを全て、形として残しておきたかった、っていう理由もある。もう、間違えたくないから」

その答えを聞いた楓さんは、光の膝の上に転がってしまう。

「あー、ごめん。楓ちゃんもう限界みたいだ。連れて帰るよ」

いきなり限界がきて眠ってしまった楓さんを背負った縁司が、主役だというのに先に帰ろうとするので、お開きということになった。

本当なら三次会にカラオケでも行こうかとなっていたが、正直人前で歌えるほど歌は上手くないので安心していた。潰れてくれてありがとう、楓さん。

「それじゃあね、今日はみんな僕らのために出席してくれてありがとう」

縁司は幸せそうに、苦笑している。

背負った「幸せ」を無事に連れて帰れるか、これからが一番大変だろうな。起きたら「酒〜!」って暴れそうだし。

俺たちはそれぞれが帰路につく。

心さんは田中と一緒に、変わらず暮らしている実家に帰る。

漫画を描く部屋は別で借りているらしく、漫画が恋人な現状では実家を出るつもりはないと言っていた。いつか心さんにも、良い相手が現れることを心から願っている。

「じゃあ、俺らも帰るか」

「そうね」

俺たちは、復縁してからもう五年の月日が流れた。その間、色々なことがあった。

縁司はコネクトの会社に就職し、順風満帆な日々を送っていて、今日結婚までしてしまった。衝撃だったのが、楓さんはお酒を紹介する動画配信者になっていたことだった。

普通に顔を出して、カメラの前でお酒を飲みながら話す、という何の捻《ひね》りもない動画でかなりバズっている。

俺も観《み》たことはあるが、……多分、無自覚に男性視聴者を集めているのだと思われる。あの人存在がエロいからな……。

心さんは夢を叶《かな》えて、デビュー作品が実写映画化し、二作品目はあと少しで完結、ドラマ化の話もきているると、俺と光に許可を貰《もら》いに来た。いちいち確認しなくてもいいと言っても、心さんは必ず担当編集者の田中と一緒に、俺と光が住んでいるアパートに手土産を持ってやってくる。

「明日の仕込みやってから帰ろうかな」

「あれ、言っただろ？　明日休みにしたから、ゆっくりしろよ。いっぱい飲んでたし、無理すんなって」

「あ、そうだったね〜。ごめんごめんっ。じゃあゆーっくり結婚式の余韻に浸りながら帰りますか〜」

「おっけ〜。俺も今日は結構飲んだし」

結婚式の帰り道、手を繋《つな》いで歩く。

もうドキドキもしなくなってしまった。復縁したときはあんなに動揺していたのに、年月が経《た》つとこんなものか。

でも、今ではそれが安心に変わっている。

当たり前のように、これからもずっとこうしていくのだろう。

明日の臨時休業日が終われば、またいつものように仕事の日がやってきて、光は料理を作り、俺はコーヒーを淹《い》れる。

小さな喫茶店で稼ぎは多いとは言えないが、二人がやりたいことをやって、楽しく生きていけているから、現状でこれ以上がないほどに幸せで、もしも望むのなら――。

「楓さんのウエディングドレス姿、綺麗《きれい》だったな」

「ほんっとにそれな!!　マジ女神だったんだけど!!」

光はお酒が入るとたまにではあるが、ギャルになる。でも、期待していた反応と少し違うな。

「光も着たいと思うのか？」

「まあねー、まあ、その内かな？」

また、昔のように光の気持ちを確認するような発言をしてしまったな。

「結婚式、楽しかったな」

「そうだよねー。また行きたいな」

光は俺と繋いだ手を大袈裟《おおげさ》に振りながら、大股で歩く。

腕が揺れるたびに光が嬉しそうに笑う顔を見て、前から決めていた覚悟が、より強固になっていく。

これまで、色んな出会いがあったな。

その度に助けられて、時には俺から手を差し伸べて、自らが成長する機会にもなった。

全て、繋がりのおかげだ。その繋がりに感謝して、これからも俺は俺らしく生きていくとするか。

「次は、俺たちが縁司たちを招待しようか」

プロポーズともとれるなんとも曖昧で俺らしい言葉に、光は両手で口元を覆って笑い。

「そんなに私のウエディングドレス姿が見たいの？　私のオタクめ～」

ああ、せっかくそういう雰囲気になってきたのに、結局俺たちはこうなるんだよな。

「は？　別にそんなんじゃねぇし」

「はいはい、アラサーでツンデレすんなっての！」

「光もアラサーだろ！」

「あー！　今女の子に言っちゃいけないこと言ったー！」

「女の子って歳《とし》でもねぇだろ……」

「追《い》い打ちしてんじゃなーい！」

「痛ってぇ！　ローキックやめろ！」

「こんなのも避《よ》けられないうちは私の旦那になろうったって甘いぜ！」

「どんな基準で旦那選んでんだよ！　格闘家か！」

本当に、ずっとこのままでいいのかと不安になってくる。歳をとって、俺たちがお爺《じい》ちゃんやお婆《ばあ》ちゃんになっても、こうしているんだろうなという確信があったから。

俺は嫌だぞ、お爺ちゃんになってもローキック受けるの。骨がもたない。

でもまあ、お爺ちゃんになっても一緒に居れるなら、それも悪くないか。

「はぁ、はぁ、ローキックして疲れた。翔、おんぶ」

「はぁ……、わかったよ」

これからも俺は、光の専用車兼サンドバッグとして、こき使われるようです。

めでたくねぇけど、……まあ、それもいいか。